U0013260

S P R I N G

每一本好書都是一顆種子，
春天播種在你的心田夢土上。

Spring

S P R I N G

每一本好書都是一顆種子，
春天播種在你的心田夢土上。

S P R I N G

每一本好書都是一顆種子，
春天播種在你的心田夢土上。

S P R I N G

每一本好書都是一顆種子，
春天播種在你的心田夢土上。

Spring

陰界黑幫

1

Mafia of the Dead

Div 著

自序

黑幫，一直是非常吸引我的題材。

從《無間道》那種黑白混淆的正義，梅爾吉勃遜《危險人物》中的一夫當關，到北野武的《四海兄弟》深刻絕情。

為什麼黑幫會特別吸引我呢？也許是因為他們講信重義，刀口舔血，最終的命運卻往往不是殘就是廢，或者是年紀輕輕就成為暗巷中的一具無名屍體。

他們像是煙火般，燦爛而瘋狂的燃燒自己的生命，然後又像煙火後的煙塵，無聲無息的撒落一地，連痕跡都沒有留下。

而陰界黑幫，則是以我的方式來描述黑幫，其中加上了陰界，是融入我熱愛的奇幻背景。

也許那些不受控制的陰界亡魂，就像是黑幫一樣，他們殺戮，他們戰鬥，他們講信重義，同時，他們也不知道明天為何物？

這也許並不是一個討喜的故事，不過一直以來，走在主流創作，本來就不是我的風格。
我要走自己的路，《陰界黑幫》於是誕生。
在此感謝，所有容忍我任性完成這故事的人。謝謝妳，親愛的小太陽。

Div

陰界黑幫

1

Mafia of the Dead

「相傳紫微星系共有一百零八星，又以十四星主掌夜空，其影響國家興亡，個人運勢甚鉅，其為紫微、太陽、太陰、武曲、天同、天機、天府、天相、天梁、破軍、七殺、貪狼、巨門與廉貞是也。」

第一章・武曲

1.1 —楔子

她死了。

當時她拿著下班後要看的稿子，走在街道旁，路旁一台闖過紅燈的小貨車，將她直接撞倒。

這一剎那，她感覺到自己輕飄飄的飛起，然後又輕飄飄的頭下腳上落地。頭碰到地板的時候，並沒有想像中的痛。

而是像是一盤水，潑灑在地上的感覺。

然後她緩緩起身，摸了摸頭，轉頭看去。

她看到小貨車緊急煞車，歪斜地停在人行道上，然後門開，駕駛慌張下車，在短暫地猶豫後，他從口袋掏出手機。

「救命，快派救護車來。」年輕的駕駛有著黝黑的肌膚，臉上盡是慌張的汗水。

她朝著駕駛的方向走去，然後她看到了自己。

躺在地上的自己。

自己引以為傲的長髮，被紅色的血染紅，結成一大塊一大塊。

「啊。」她張大嘴，驚恐。

然後她聽到背後傳來喔嗚喔嗚的聲音，背後一台救護車疾駛而來，車子尚未停好，後車門就砰的一聲往兩邊掀開，跳下兩個醫護人員。

在駕駛慌張與求饒的語氣裡，她眼睜睜的看著，醫護人員托起了她的身體，放到擔架上。

同時間警察來了，警告標示擺下，黃線拉起，人群開始圍觀，整個現場忽然熱鬧起來。

她的身體被送上了救護車，砰的一聲，車門又關上。

留下她，這個身體的正主兒，愣愣地看著救護車遠離。

「所以，現在我要幹什麼呢？」她歪頭沉思，這是她思考時的招牌動作。「跟著身體去嗎？那我上班的稿子還沒看完，明天就要截稿了，我還可以校稿嗎？」

然後，就在她遲疑的時候，她發現背後多了兩個人。

這兩個人和這大片混亂的場景不太相稱，他們一個穿黑西裝，一個穿白西裝，兩人一高一矮，穿過圍觀的人群，邁步朝著她走來。

「琴小姐嗎？」其中一個穿著白衣的男子，年紀看起來約莫四十歲，頭髮整整齊齊往後梳，他開口問道。

「是。」她點頭。

「我是陰界的使者。」他說著，同時秀出了手中的一枚警徽，警徽上是一頭鍍著金的狼。「我是白無常，他是我的夥伴黑無常。」

「陰界？」她睜大眼睛。「所以我死了？」

「很遺憾要跟妳說，是的。」

「哇。」她張大嘴巴，這秒鐘，她想到了好多事情，房間裡的花以後有人澆水嗎？明天的截稿怎麼辦？她和作者約好下禮拜要吃飯，怎麼取消？以及她答應了小靜，下禮拜要去替她唱歌比賽加油的。

「很抱歉，死亡常常都是這樣，來得很突然。」白無常無奈微笑。「通常都沒辦法交代清楚就過世了，但是所幸，活著的生者們往往都可以體諒。」

「嗯。」她一時之間，還想不到要說什麼。「那我現在該去哪兒呢？天堂？還是……」

「天堂？我們沒有那種東西。」白無常搖頭。

「啊？」

「這裡是陰界，關於妳，我們有的，只是一張通緝令。」白無常蒼白的臉，綻放陰冷笑容。「妳被捕了，小姐。」

「欸？通緝令？」她一愣。

「妳也許還想不起來，但是妳的魂魄是危險等級九的通緝犯，必須立刻逮捕。」

「啊？」她伸出雙手，拚命亂搖。「等等，什麼通緝犯？什麼危險等級九？等一下！」

「乖乖束手就擒吧。」一旁的黑無常拉起兩條粗大的鐵鍊，踏著沉重步伐，朝著她走來。

「搞什麼啊？」她大叫，然後轉身就跑。

只是，以她一個剛死不到五分鐘的菜鳥，怎麼可能逃得過陰吏的擒捕。跑沒幾步，就感到脖子一陣冰涼與堅硬，鐵鍊已經套上了她的脖子。

「順利捕獲。」黑無常一拉鎖鏈，聲音沙啞而粗獷。

「等等，我犯了什麼罪？我才剛剛死掉而已，我什麼都沒做欸！」她雙手扯著鐵鍊，大叫著。

「我說過，妳是等級九的超級危險人物。」白無常冷笑，「妳有什麼意見，去和判官說吧。」

「走。」黑無常拉起鐵鍊，就要把她往後拖。

「可……」她才要繼續辯解，忽然，她眼睛瞇起，看著天空。「咦？那是什麼？」

天空中，那兩個正在靠近的黑點，是什麼東西？

「什麼東西？」白無常皺眉。

「有人在天空飛欸？」她渾然忘記自己脖子上的鐵鍊，伸手比著天空。

只見那黑點愈來愈近，速度也愈來愈快，到最後已經可以清楚分辨，那是兩個人。

兩個從天而降的空中飛人。

「喔？空中飛人？」白無常與黑無常回頭，然後兩人表情同時大變。

只見這兩個人，一個腳踩黑刀，一個腳踩玻璃大斧，從天而降。

同樣穿著黑色背心，理著平頭，約莫十五、六歲模樣，肌肉精練，是衝浪型男類的雙胞胎少年。

兩人一落地，就朝著琴方向，直奔而來，嘴裡大喊。「武曲琴姊！我來救妳了。」

武曲？琴左顧右盼，想要確定他們沒喊錯人。

她什麼時候變成武曲琴姊了？別說她沒見過那兩個年輕人，以她剛死五分鐘的鬼齡，哪來「姊」字輩的稱謂？

不過就在琴對眼前事件感到莫名其妙的同時，她卻感覺到周圍的空氣，因為這雙胞胎少年的出現，而瞬間緊繃起來。

黑白無常一改剛才的悠閒，鎖鍊在空中甩出圓圈，擺出戰鬥姿勢。

「休想劫囚！」黑無常聲音沙啞，殺氣森森。

「黑白無常！」雙胞胎之一，他往前一踏，騰空躍起，已經來到了琴的前方。「你們現在不是完成體，不是我們對手。」

同時間，黑刀，被他深深握在手心。

那是一柄黑到通透的刀，彷彿把所有的光線都吸入，令人著迷的黑。

「琴姊，請小心。」男孩手上的刀落下，黑光直墜如流星，崩一聲，朝鎖鍊直砍而下。

琴只覺得刀鋒的寒意，從她的脖子邊緣削過，竟在不傷琴分毫之下，鎖鍊被一刀斬斷。

好準的刀，好快的刀，也好狠的刀。

「地劫星，阿傑。」男孩的黑刀斬斷鎖鏈，同時單膝跪地，對琴帥氣抱拳。「參見武曲琴姊。」

「武曲琴姊？」她只覺得眼冒金星。這少年是不是認錯人啦？

「他是地劫星阿傑，我是地空星小才，救駕來遲，武曲姊姊請別放在心上。」同時間，另一個雙胞胎也亮出兵刃。

一對板斧，一大一小，但最特別的是，雙板斧如玻璃般透明，透露著灰色冷光。

只見這小才雙斧盤旋飛舞，同時攻向左右，纏住了黑白無常。

這對板斧大小不同，雖沒有黑刀絕倫的冷黑色調，卻因為強化玻璃光線折射，展現一種迷離多變的氣勢。

正所謂兵器如其人，比起使用黑刀的小傑，這人該是更為善變吧？

只是，無論是使黑刀的阿傑，或是透明板斧的小才，甚至是陰界官吏黑白無常　這一切，究竟是怎麼回事啊啊啊啊？

琴想大叫，我不是什麼武曲星啊，更別提危險等級九了，我只是一個剛死不久，每天校稿抓錯字的……報社小編輯啊！

「地劫星阿傑，地空星小才，黑幫中的十字幫的大將。」白無常冷冷地唸出雙胞胎的來歷。「而危險等級，由政府評定為……五。」

「五嗎？果然夠強。難怪能斬斷我專門抓鬼的『鎖魂鏈』。」黑無常撿起斷掉的兩條鎖鏈，像是對毛巾般用力一擰，怪事情發生了，鎖鏈竟然完美無缺地接合在一起。

「過獎。」小才微笑。

「強是很強，可惜，馬上就要被關入監獄了。」黑無常低吼一聲，手上鐵鍊開始甩動，每甩一圈，沉重的鐵鍊就震出一聲驚心動魄的呼嘯聲。

「黑無常的鎖魂鏈，是魂魄們的剋星，小心啊，小傑弟弟。」小才舞動板斧，面對危險表情卻依舊輕鬆。

「我一直以為，我才是哥哥。」阿傑說完，人已經攻向黑無常。

面對如此兇險武器，小傑藝高人膽大，雙手握刀，對著正急速旋轉的鐵鍊，直直插入。鏘的一聲，黑刀精準無比地插入舞動鐵鍊縫隙，登時破了它的甩動。

「才怪，我是哥哥，問武曲琴姊最準了。」而小才嘴上說著，身體卻不停，雙手運斧，夾住氣勢已衰的鐵鍊。

然後兩把板斧上下一轉，錚的一聲，鎖鏈登時被絞成了七、八段

黑無常見到自己的鐵鍊竟被破壞得如此徹底，咬牙切齒之下，急忙後退，手往背部猛抓，似乎想抓出什麼……

可是，他還沒來得及完成這動作，眼前一道黑光，就這樣從上而下，從頭頂直貫下來。

「死。」黑光直貫到底，持刀者小傑，微笑。

刀勢盡，黑無常仰頭跌倒，倒地時，身體已經裂成左右兩半。

「可惡！」白無常見到黑無常被一刀剖成兩半，他從懷裡掏出一個小鈴鐺，高高舉起，正要揮舞。

忽然發現，他那握著鈴鐺的手，已經飛上了天空。

而帶走這隻手的，是一把迴轉飛來的透明小斧。

「我的手！」白無常由驚愕轉為憤怒，看著自己空蕩蕩的手腕。「你們這兩個渾小子！」

「好玩嗎？看到自己的手在天空飛。」小才嘻嘻一笑，板斧在空中繞了一圈，回到了他的手中。

「可惡，旗子，只要我拿到鈴鐺……」白無常右手握住左腕，忍痛前奔，想要撿起剛落地的鈴鐺。

「小才，別玩過頭，讓他拿到『索命鈴』，」阿傑皺眉。「會很麻煩的。」

「我知道我知道啦，現在已經這麼囉唆了，真讓你當哥哥還得了？」小才一笑，雙手握

住大斧，夾著兇狠氣勢，奔向白無常。

白無常才蹲下，要握住索命鈴，忽然察覺異狀，猛一抬頭，只見一大片晶亮灰光閃過，上半身就被大斧削成肉泥。

白無常的下半身，抽動了兩下，就此摔倒。

而一旁的琴，則是看得目瞪口呆。

短短的一分鐘內，剛才還耀武揚威的黑白無常，竟然就這樣倒在地上，變成了兩具殘缺不全的屍體。

這陰界，會不會太暴力一點了啊？

她滿臉驚愕，看著剛剛才砍死人的兩個青年，帶著輕鬆的表情朝自己走來。

本能式的，她退了一步。

「黑白無常……不是地獄的官員嗎？你們怎麼會殺了他們？」她驚疑不定的問道。

「琴姊，妳誤會了，我們沒有殺了他們。」小才搖頭。「黑白無常可以無限分裂，我們只是除掉其中兩個而已。」

「不懂。」她搖頭。「你明明就殺了他們啊。」

「要殺死黑白無常，除非是殺光城市中的每一個。」小才再次解釋。「琴姊，妳沒注意到地上的黑白無常，已經不見了嗎？」

「咦？」她看向地面，命喪於黑刀和板斧的黑白無常，竟然悄悄地消失了。

「懂嗎？他們根本沒死，整個城市裡面都是黑無常與白無常，他們都是一體的，殺不光的。」小才說，「琴姊，這些事，是妳教我們的啊　　琴姊，妳真的想不起來？」

「想起什麼？」她苦笑，她才剛死掉而已欸，有什麼好想起的？

小才和阿傑互看了一眼，異口同聲的說。「想起妳是誰啊？」

「我是誰？我不就是琴嗎？」她迷惑地歪著頭。

「不，不只如此，妳是……」小才和阿傑異口同聲的說，「妳是『十字幫』大姊頭，統領十萬兵，人稱武曲星『琴姊』啊。」

琴。

今年二十九歲，出生於台灣南部鄉下，那是一個到了晚上九點，整個鄉鎮就一片漆黑的靠海小鎮。

她從小的志願很簡單，就是當一個靠文字和故事維生的小說家。因為她愛水滸傳當中，梁山泊上的一百零八個好漢，從天上一百零八顆星斗轉世，為抵抗宋朝亂世，在山寨中，以義氣為生命的英雄故事。

可惜，當她漸漸長大，順利在聯考拿到高分，進而考上國立大學中文系之後，她才突然醒悟，原來當一個小說家很難。

當小說家，要才華洋溢加上懂得包裝自己，才可以日進斗金，要不然就是資質平凡，最後落得窮困潦倒勒緊褲帶度日。

於是，她從中文系畢業，換過幾個奇怪的職業之後，最後選擇了與文字最有關的工作，那就是小報社的編輯。

而一眨眼，四年就過去了。

她的一生中，總認為自己非常的平凡，而她追求的也是平凡，但她的朋友卻不這麼想，他們一致公認她很怪，怪到讓人忍不住想要親近。

但，就在她還在摸索生命的價值，還無法通盤了解這世界的二十九歲，卻被一台闖紅燈的小貨車給攔腰撞上。

這一撞，奪去她主宰身體的意識，甚至奪去她的生命。

使得她現在化成一縷幽魂，在陰界漂蕩。

在這個兇暴殘忍的陰界，幽幽漂蕩著。

1.2 我是誰？

「武曲星？」她秀眉蹙起。「你們在開玩笑嗎？我運動最爛了，五十公尺要跑一分鐘，生平能躺就不坐，能坐就不站，怎麼可能是好武成痴的武曲？又怎麼可能會是什麼十字幫的大姊頭？」

「琴姊，您真的忘了啊。」小才苦著臉。「您在二十九年前，突然說妳要靜一靜，就這樣離開我們，跑去陽世投胎為人，這二十九年來，陰間政府大力掃蕩我們，其餘黑幫擠壓我們，使得我們十字幫幾乎覆滅，妳真的統統都不記得了嗎？」

琴看了看小才，又轉頭看向阿傑。

只見阿傑點了點頭，比起小才，阿傑雖然寡言，但有一雙更加誠摯且堅毅的眼神。光這眼神，琴就知道，這對雙胞胎並沒有說謊。

「可……可……你們別亂說。」琴用力跺腳，「什麼十字幫？什麼政府？別淨說些我聽不懂的話。我不管，我要去看我的身體，說不定我還沒死。」

「琴姊……」小才語氣哀憐。

「別叫我琴姊，叫我琴就好。」她皺眉。

「是……琴。」兩人語帶猶豫，顯然對當年的武曲星有分難以磨滅的尊敬。

「我要去看看自己的身體。」她起身，邁開步伐，朝著救護車的方向去。

只是走沒幾步，她左右兩邊，小才和阿傑已經跟了上來。

「幹嘛？」琴看向兩邊。

「琴姊。」阿傑說，「我們送妳一程。」

「欸？」她一愣，她感覺到手臂被小傑夾起，而小傑的手往上一拋，那把黑刀再度出現，在空中飄浮著。

「琴姊，請小心腳下。」小傑說完，右手把琴一拉，兩人就同時踏上了那把黑刀。

「古代有御劍飛行……陰界則是御刀飛行啊？」琴喃喃自語，一轉頭，看見小才腳踩大玻璃斧，也跟在旁邊。

「坐穩了。」小傑低聲說。

忽然，琴感到腳底一陣震動，整個人陡然拉高，升上了天際。

「這叫做舞空術，」小才的聲音，混雜著風聲，從琴的背後中傳來，「可不是一般魂魄學得來的。」

「舞空術？魂魄？」琴還來不及追問，眼前一陣又一陣冰涼的風吹過，忽然間她發現自己已經看到了目的地。

醫院，那巨大的紅色十字，已經出現在她的腳下。

「對了，就是這台救護車。」琴的雙腳踏上了地面，站在眼前這棟巨大的白色建築物之前。

醫院。

這裡，是她生前最不愛來的地方，因為這裡充滿了太多生離死別。

癌末父親與子女的訣別，失去意識的母親與小孩，家人與親人，朋友與愛人，太多太多令人遺憾而心碎的故事，充滿掙扎與無奈的情節，在這一榻一榻的病床旁上演。

因為，這裡是生與死的交界，是最靠近離別的地方，正因為如此，人類被壓抑的情感，會在這裡，盡情的釋放。

這樣的悲傷，她無法承受。

太深刻，也太沉重了。

只是，就像老話說的「棺材不分年紀，只差一口氣。」她從來沒想過，命運有天竟會挑上她開這樣的玩笑。

二十九歲的她，連一句遺言都還來不及交代，就因為車禍被送入了醫院，徒留下世間的老父面對這樣殘酷的命運。

想到這裡，她低下頭。

淚水盈滿眼眶。

「琴姊……」小才想要安慰她，一時間卻不知道如何安慰起。

「別管我。」她咬了咬嘴唇。「我一個人進去。」

「不行。」小才急忙跟在她的身後。「醫院太危險，我必須要跟去。」

「危險？」她皺眉。「醫院有什麼危險？」

「醫院的鬼魂超多。」小才說，「小心刺客。」

「開玩笑，你們有被害妄想症。」她毫不顧忌，就這樣大步踏入了醫院。

然後，就在她腳步落地的同時，忽然間，她察覺整個醫院，與她記憶中，竟然截然不同。

醫院，是這樣熱鬧的嗎？

到處都是人，或者說，到處都是鬼。

明亮光潔的長廊兩旁，幾個魂魄正在交頭接耳，而看似瀟灑的醫生背後，也跟著幾個怒氣沖沖的鬼魂。

尤其是垂死病人的病榻前，更是鬼魂的聚集地，她甚至可以聽到鬼魂們的竊竊私語。

「快出生了，快出生了。」

然後，當人類醫生宣佈「死亡」的同時，群鬼則開始歡呼，因為一道光溜溜的魂魄，也從沒有生命跡象的身體中，彈了出來。

人類的死亡，等於鬼魂的出生？

她瞧傻了。

「這就是鬼魂誕生的過程。」小才在她的背後說話了。「琴姊，妳得快點，因為醫院冤魂太多，龍蛇雜處，怕會出事。」

「是嗎？」

她雖然不想理小才，腳步仍不自覺的加速。

直到她在急診病房中，找到了自己。

她的周圍，正擠滿著醫生和護士，宛如戰場般，充斥著吼聲和各種醫療儀器的聲音，還有許多琴聽都聽不懂的醫療術語。

她唯一聽懂的，是「血壓下降」、「病人危急」、「可能腦死」，以及……「危險，很危險……」

而最後一句話，琴不只聽得懂，聞後更是全身一震。

一番驚心動魄的搶救之後，忽然間，一切都寂靜下來。

彷彿約好一般，那些電擊器，那些手術刀的碰撞聲，那些心電圖的嗶嗶聲，都在醫生放下雙手的這一刻，全部停止。

所有人都看向醫生。

而醫生則是看著琴的臉，沉默了三秒。

短短三秒，對一旁的琴魂魄來說，卻像是十分鐘般漫長。

「通知家屬吧。」醫生的語氣，沒有半點抑揚頓挫，那是見過太多死亡的麻木。「問他們，是否要放棄急救……」

當急診室的簾幕被拉開的時候，琴發現自己的眼淚，狂湧而出。

因為拉開簾幕的人，是自己的父親。

他身上還穿著鄉下人慣穿的白色背心，腳底還穿著下田時所穿的雨鞋，雨鞋上還沾著泥巴，而父親的表情憔悴而震驚，頭髮凌亂。

「您是病患的父親嗎？」醫生拿著病歷，看著這個琴的父親。

「是，是……」

「很抱歉，要跟你說一件事，您的女兒……」醫生語氣依舊保持著專業的冷靜。「這次的車禍，已經傷害到她的生命中樞，基本上，她被救活的機會極低……」

「我的女兒……」父親轉頭，看著琴的身體，他的身體在抖，細微的抖著。

「很抱歉，請您做出決定，是否要繼續急救？」

「急救？」老父慢慢的走向了琴的身軀，蒼老的手，摸了摸琴的頭髮。「我的老伴很早以前就已經過世，琴這女孩，在家裡排行老么，算是我一手拉拔大的，她的個性我很清楚。」

琴看著父親那蒼老的大手，摸著自己頭髮的模樣，眼睛一痠，淚水狂湧而出。她邊哭，邊低聲唸著，「爸爸，我不希望用生病的身體拖累你們，如果可以……」

「她很豪爽，不愛拖泥帶水，更不會希望自己成為累贅。」老父眼神慈祥的看著自己的女兒，眼眶中的淚水盈盈打轉。

「所以您的決定是？」醫生問。

「她是老么，又從小沒了媽媽，所以我很疼她，她小時候想當小說家，聯考分數高，不填律師卻跑去念中文，我也依她。」老父語氣哽咽。「但這一次，身為父親的我，我不能讓妳任性，我不會放棄任何希望。」

「繼續急救？」

「醫生，麻煩你了。」

醫生點頭，拍了拍老父的肩膀，轉身回到他的戰場，那張病床旁。

只是當晚，老父生平唯一一次的不讓琴任性的機會，卻沒有實現。

凌晨一點零五分，當所有儀器都宣告，生命跡象結束。

醫生在老父的目睹下，按著自己的手錶，輕聲說。「死亡時間……」

然後，那一刻，老父把自己的臉，深深埋在自己臉中，哭了。
一輩子務農，像是雜草般強韌的父親，這是生平第二次哭。
第一次是因為琴的母親，而第二次，卻是為了琴。
為了這個他這輩子最疼愛的老么女兒。

琴在一旁，哭得好傷心。
而一旁的小傑與小才只能沉默的守在一旁，更勾起他們好久以前，剛來到陰間的故事。
琴哭著哭著，不斷哭著。
「琴姊。」小才輕聲的說。「別哭啦。」
「我，真的死了嗎？」琴哽咽的問。
「是。」小才低聲說。
「為什麼？」
「陰陽轉世，輪迴更替。」小傑嘆氣，「這是無可奈何的啊。」
「亂說。」琴用力跺腳，轉身就走。「一定還有機會，這一定是誤會，我要去搞清楚這一切到底發生了什麼事？」

琴轉身奔向走廊盡頭，小傑與小才互望一眼，正要邁步跟去，忽然他們發現眼前的琴，出現了異狀。

一個高大的影子，不知道什麼時候，出現在琴的面前。

而琴只來得及抬頭，整個人就突然從空氣中消失。

只剩下一個透明的收納袋，緩緩飄落。

「這個人，沒有頭髮？」

這是她見到這高大男生的第一個印象。

「武曲星，琴姊。」那人戴著墨鏡，身穿剪裁合宜的唐裝，微笑。「好久不見嘿，我是擎羊星，莫言。」

「啊？」正在奔跑的琴，愣住，下一個問題浮上了她的腦袋。

這男人，究竟是何時出現在她面前的？

「本來憑我，是絕對擋不住妳的，但是趁妳剛轉生，也許我有點機會嘿。」莫言的手伸了出來，按住琴的額頭。「合起來吧，袋子嘿。」

這秒鐘，還在跑動的琴，感到天旋地轉，然後，她發現自己周圍一片透明。

她縮小了？而且還被裝在一個袋子裡。

接著，這袋子，被這個沒有頭髮的男人撈入了手中。

「嘿。琴姊，委屈點，只要妳告訴我們那東西究竟藏在哪？我們會放妳回去，讓妳好好地和親人朋友道別嘿。」莫言的臉靠近袋子，嘻嘻一笑。

對琴來說，莫言此刻的臉，簡直比一台汽車還要大。

「這到底是怎麼回事？」她左顧右盼，她變小了嗎？她是怎麼進到這小袋子的？而這個沒有頭髮的男人，為什麼可以把她關進袋子裡面？

「不說沒關係，總有辦法讓妳說的，咱們走囉。」只是莫言才剛轉身，忽然，背後傳來兩聲怒吼。

不用說，正是小才和阿傑。

「放下琴姊！」小才右手的小板斧，一甩而出，銀亮光芒在空中急速盤旋，曾經斷去白無常一隻手的絕命武器，狂暴登場。

「玻璃斧？地空星？」莫言冷笑，頭也不回，手往後一伸，「合起來吧，袋子嘿。」

消失了，空中的斧頭消失了。

取而代之的，是一個緩緩飄落的塑膠袋。

而斧頭在透明袋子中快速旋轉，左衝右突，卻怎麼樣也撞不出袋子。

「可惡啊，阿傑。」小才雙手緊握大板斧。「小心，他的能力很棘手，會把所有東西收進去。」

「我這叫做收納袋，現在都市寸土寸金，住家空間都很有限，要懂得收納才會有好環境嘿。」莫言笑著說。「懂嗎？」

「混帳！」小才咬牙，忽然一隻手按住了他的肩膀，然後一個低沉熟悉的聲音響起。

「我來。」

不用說，這個聲音當然來自小才的雙胞胎兄弟——小傑，曾用一柄黑刀，將黑無常剖成兩半的使刀高手。

「喔，原來地劫星也在？」看見阿傑，莫言收起輕敵表情，冷然的說。「看樣子，這個貴得要命的情報果然沒錯，這女孩，當真是武曲？」

阿傑不答，只是手握黑刀，緩緩往前一步。

「接招。」

一眨眼，阿傑的刀，卻已經到了莫言的背部。

十步的距離，在阿傑的腳下，竟只是一瞬而已。

刀氣凜冽，連莫言都感到背脊發涼。

但莫言畢竟藝高人膽大，頭也不回，大手回抓，低喝：「合起來嘿，袋子。」

空氣中再度出現袋子，只是這次，卻是一個空無一物的袋子。

因為阿傑在千鈞一髮，以手腕當軸心，讓刀凌空旋了半圈，漂亮避開了莫言的手掌。

「厲害嘿。」莫言終於回頭，以正面迎戰阿傑。「不愧是地劫星。」

「過獎。」阿傑攻勢再起，右手的刀橫掃，一道黑氣，斬向莫言腰際。

「沒用的，別忘了我的等級，可是比你們還高上一級嘿。」莫言冷笑，徒手迎向黑刀，同一招再度展現。「合起來吧，袋子。」

袋子再度出現！而阿傑的黑刀也再次被迫轉向，雙方再度驚險交錯，卻誰也沒逮到誰。

但是，阿傑的反應實在太快，他一矮身，右手黑刀甩到背後，然後在背部換到左手，以左手握刀，再次掃向莫言。

這換手的動作快速而精湛，然後阿傑又以自己身軀擋住了莫言視線，當刀子陡然從左方出現，更讓莫言吃了一驚。

「這樣下去，遲早會被你砍中嘿。」莫言不閃不避，咬牙一笑。「既然這樣，我就只好請你兄弟幫忙啦。」

「什麼？」

「給我解開吧，裝斧頭的袋子。」

裝斧頭的袋子？阿傑一愣，猛回頭，只見剛才小才的小斧，已經從袋子中出現。

同時間，迴轉著的暴力斧鋒，瞬間已經來到阿傑的鼻尖前十公分處。

「小心。」小才急喊。

「糟。」阿傑咬牙，他與小才並肩作戰多年，他比誰都知道這斧頭的厲害。

命懸一線，更讓他展現精湛體技，只見他身體如陀螺迴轉，雙手握刀，以黑刀硬抗板斧，撞了下去。

一刀一斧，兩者皆是剛硬武器，火花爆開，照亮了醫院長廊。

而阿傑手一麻，差點握不住黑刀，退了一步，才將板斧震開。

板斧一落地，小傑回頭，背後卻已經是空空蕩蕩的醫院長廊。

莫言和包著琴姊的袋子，消失無蹤。

「莫言，**羣羊星**，乃是甲等星中的麻煩人物。」小才拔下插在牆壁上的板斧，表情嚴肅。「危險等級六，琴姊落到他手上，不會有事吧？」

「該擔心的，」阿傑嘆氣。「是另一個。」

「陀螺星，橫財？」小才身體一抖，「你說與羣羊莫言合稱『神偷鬼盜』的鬼盜橫財嗎？」

「嗯。」阿傑眉頭深鎖。

「不管了，我們先聯絡其他人吧。」小才收起了斧頭，面色凝重。「務必在最短時間內找到琴姊才行啊。」

擎羊星・莫言

危險等級：6

外型：約一八五公分的高瘦男子，喜愛戴墨鏡，沒有頭髮，對衣著品味極高的他，喜愛穿著深色唐裝。

鬼齡：八十二年。

能力：「收納袋」。

只要觸摸物體，並喊「合起來吧，袋子。」就能將該物品收入袋子中，可以收靈界物品和靈魂，堪稱無所不收的好袋子。

以莫言的道行來說，每次雖然可以使用五到十個不等的收納袋，但得要依被收納物體的大小，以及被收入鬼魂的道行高低而定。

因為這收納袋的能力，讓莫言被稱作神偷，與鬼盜橫財齊名。

命屬擎羊，在紫微星系中屬於輝度強大的甲等星，僅次於十四大主星，同時擎羊星乃是一大凶星，主守北方，與陀螺齊名。

1.3 神偷鬼盜

遠處，一間破舊的公寓內。

「打開吧，袋子。」莫言朗聲。

琴只覺得一陣暈眩，她的雙腳，再度踩回實地。

只是這地板不再是醫院拋光的大理石子地，而是有點骯髒老舊的水泥地板。

琴環顧四周，她發現那個抓她來的男人，和另外一個人坐在一張綠色沙發上，這沙發雖然被放在老舊的地板上，卻難掩其昂貴的絲質表皮。

「流氓。」

而莫言旁的那個男人，身材更為壯碩，宛如巨塔，只是外貌粗獷，腦滿腸肥。

琴內心暗暗替這個人下了簡單註腳，畢竟她曾夢想要寫作，用最簡短的詞語形容一件事物，是她不斷給自己的訓練。

「我是陀螺星，橫財。」那個流氓似的男人說話了，沙啞的嗓音，聽起來是菸酒重症者。「好久不見啦，武曲星琴姊。」

「我不是什麼武曲星，你們搞錯了。」她搖頭，長髮飄動。「我是琴，我只是一個平凡的人。」

「妳是真裝傻還是假裝傻嚕？」橫財皺眉。「我們不可能會認錯的，當年妳超厲害，我們兩個加起來，都打不過妳！」

「打不過我……騙人的吧？」琴仔細看了兩人，莫言高挑精瘦，橫財體重則至少一百三十公斤，她本著中文系手無縛雞之力的精神，怎麼可能打得贏這兩個壯漢！

「是不是真的喪失記憶，看來只有一個辦法證明嚕。」橫財走近了琴，那粗大油光的指頭，在琴的腹部遊走。

「流氓，你要幹嘛！」琴尖叫。

「吼！我不叫流氓，我叫橫財嚕！」橫財的大手按住琴的腹部，低吼。「破門而入吧！強盜！」

「啊？」下一秒，琴驚恐的張大了眼睛。

因為，她肚子的肌膚上，竟然出現了一扇門的形狀，而門邊還有一根小門把。

「我的能力和老莫不同，他專門打包帶走，而我比較暴力一點，我是專門破門而入的。」

「你想要幹嘛？」琴渾身僵硬。「為什麼……要在我的肚子上開門？」

「想幹嘛？我想借妳的內臟一用。」橫財陰笑，他把那扇門輕輕拉開，鮮紅蠕動的胃袋，在門後露了出來。

「你……要傷害我嗎？」

「我沒有傷害妳喔，要傷害妳的事情，現在才要做而已嚕。」橫財冷笑，那隻大手，就這樣伸入了琴肚子的門內，一把抓住了胃袋。

胃袋，就這樣在橫財的手上，像條垂死的魚般，微微顫動著。

「啊啊啊！」她感到自己的胃一陣抽筋，渾身戰慄。

「妳乖乖說出那東西在哪裡，我就會把妳的胃放好，把門關上，假裝一切都沒發生。」橫財笑。「這筆交易很划算吧。」

「什麼東西？我、我真的不知道。」琴不斷發抖。

「真的？」橫財冷笑，捏住胃袋的手，更加用力。

胃抖動得更劇烈了。

「真的。」琴感到胃部抽搐，額頭冒出冷汗。

「那不就表示……」橫財那流氓似的臉龐，露出可怕的猙獰。「妳就一點利用價值都沒有啦。」

「啊？」

「那妳就準備魂飛魄散吧！」

這剎那，琴用力把眼睛閉了起來。

她不知道，為什麼她死後的世界這麼坎坷，為什麼？

為什麼，那個突如其來的卡車，要奪走她的生命，讓她看見了老父的眼淚？

為什麼，死後的世界不是天堂，而是一堆稀奇古怪的陰魂，而使用的能力，更是一個比一個稀奇古怪？

為什麼，為什麼，為什麼？

但，就在最後一刻，一個聲音卻硬是喊住了横財。

「横財，等等。」那是莫言的聲音，「給我住手。」

琴睜開眼，她看到了莫言的大手，硬是抓住横財的手腕。

兩個壯漢，兩隻大手，頓時僵持。

「為什麼？」横財仍不放開胃袋，冷冷地瞧著莫言。「給我一個理由，兄弟。」

「為什麼啊？」莫言臉上的墨鏡湊近了琴，在鏡面上，琴看到了自己臉上驚慌失措的表情。

「因為我覺得，她絕對就是武曲星。」

「真是好笑，她既然是武曲星，那她怎麼可能會不知道那東西在哪嚕？」横財嗤之以鼻。

「既然她不是？就宰掉一了百了，省得洩漏線索，引政府和黑幫追捕我們。」

「別忘了，還有一種可能。」

「什麼可能？」

「她確實是武曲，她只是還想不起那東西在哪兒了嘿。」莫言繼續凝視著琴。「她喪失了記憶。」

「喪失記憶？」横財從鼻孔重重噴出氣。「哼，那不就等於她不是武曲？不如我現在就宰掉她，免得等到她回復功力，我們聯手也打不贏她。」

說完，橫財的手更用力握住琴的胃袋，胃袋顫動了一下。

「住手！橫財！別怪我出手！」莫言皺眉。

「喔？你出手啊！」

「是嗎？」莫言笑，手上的白光閃爍，強大的空間扭曲再度包圍了橫財的手腕。「合上吧，袋子。」

白光散盡，橫財的手腕，連同琴的胃袋，竟然一起憑空消失。

取而代之的，是莫言的手上多了一只塑膠袋，袋中的物體，正是橫財還在移動的手腕，和琴不斷抖動的胃袋。

「收我的手腕？」橫財看著自己的手腕以上已然空了，他臉上浮現帶著怒氣的笑容。「兄弟，想打架嚕？我奉陪到底！」

「我的袋子並不會對你的手腕造成傷害，你又不是不知道嘿。」莫言毫不畏懼回瞪橫財。「別忘了我們的規矩。」

「哼，規矩。」

「任何東西，誰偷回來的，就聽誰的。」莫言抓著袋子，問道：「這女人是誰偷回來的？」

「是你。」橫財想了幾秒，才心不甘情不願地說。

「這就對了，所以不該聽我的嗎？」

「對，規矩是這樣。」橫財咬牙切齒，單手一攤，「好，那你打算怎麼辦嚕？」

「既然她可能失去記憶，那我們就得找記憶的專家。」

「記憶的專家？」橫財冷笑，「這裡可是陰界，沒有心理諮詢師，更沒有催眠師，你要去哪找記憶專家？」

「我要講的那個人，可不是心理諮商師可比的，她的星格還在我們之上！」莫言墨鏡下的眼睛，閃爍精光。

「星格還在我們之上？？等等，你不會是說……」橫財退了一步，以他橫行霸道的個性，竟也露出驚恐的表情。

「沒錯，只有她能解開武曲失憶的祕密。」莫言冷笑。「陰間的記憶管理者，政府重臣，更是十四大主星之一，天同星孟婆。」

陀螺星·横財

外型：一百三十公斤，身高一百八十公分，外型酷似流氓，一身刺青，平頭。

危險等級：6

鬼齡：九十二年。

能力：「破門」，只要觸摸該物體，並喊「破門而入吧，強盜。」物體表面就會出現一道通往內部的門，此能力施加的物體不限，甚至包括陰魂本體。

以陀螺的道行，一次可開三至八道門，視該物體的厚度與材質而定，但遇到特殊咒語保護的物體，則視横財與施咒者道行深淺而定。

陀螺星在紫微諸星中，屬輝度旺盛之甲級星，與擎羊同列天際北斗凶星，陀螺威猛剛強，陷地加煞，絕非吉星。

1.4 一心體技

這晚，琴是在收納袋裡面睡覺的，而且還是睡五星級飯店。

因為，莫言走到附近的飯店中，將一整個總統套房，都偷入了收納袋中，徒留下打開門後，完全傻眼的飯店經理和清潔工。

總統套房裡面有五十二吋大電視、雙人床、衛浴設備，豪華設備應有盡有。

然後，琴就住在這總統套房內，這也是她第一次住總統套房，只是沒想到會是在陰間實現這個奇怪的願望。

「莫言。」琴躺在收納袋的床上，低聲道。「你聽得到嗎？」

「嗯。」莫言扶了扶墨鏡，他此刻正躺在小屋的綠色沙發上，而關著琴的袋子，則被放在沙發的角落。

「謝謝你。」

「啊？幹嘛謝我嘿？」

「因為要不是你，我的胃可能真的被橫財給捏爆了。」

「……」莫言沒有立刻回答，似乎陷入了回憶中，過了幾秒後才說：「笨蛋，是我把妳抓過來的，妳還感謝我？」

「我知道啊，所以我趕快把謝謝說完。」琴微笑，「道謝完了，之後打你的頭，我就不顧忌了。」

「很像。」莫言躺在沙發上，看著天花板。「其實很像。」

「很像誰？」

「武曲星，琴姊。」莫言聲音含糊，宛如夢囈。

「啊？」琴訝異了，因為她竟在莫言這五個字當中，聽到了深厚無比的情感。夾著尊敬、埋怨、害怕以及一種無法說明的感覺，那是……想念嗎？

「嗯，我從死掉以後，遇到了黑白無常，雙胞胎小才和阿傑，每個人都說武曲星武曲星，她到底……是個什麼樣的人啊？」琴忍不住問。

「她啊，」莫言淺淺的笑了。「很強，偏偏又很笨。」

「很強，偏偏又很笨？」

「道行很強。」莫言閉上眼睛，彷彿在他記憶中描繪出武曲的模樣。「被政府列為危險等級八以上的人，古往今來，整個陰間不過十四個人而已，何況她更是等級九，算是危險中的危險人物。」

「嗯，那為什麼笨呢？」

「她笨，真的笨啊。」莫言說到這，嘴角揚起，笑了。

「喔？」

「從不考慮自己有多少斤兩，拚了老命在幫朋友，明明就很窮，還會拿錢去資助只會做夢的地下樂團，明明就害怕，還是在黑幫中身先士卒，勇往直前，她外表看起來強得威風八面，私底下其實又很脆弱，比誰都愛哭嘿。」

「呵呵，聽起來，你好像和她很熟啊？」

「熟？」莫言嘴角愈揚愈高。「我被稱為神偷，生平失手的次數一個手掌都數得出來，但，讓我最服氣的，就是栽在她手上。」

「喔？」

「那次，要偷的東西是一張撲克牌，據說是陰界賭王與一個神祕路人的賭局，就是那場賭局，讓賭王退出江湖，銷聲匿跡，而那張始終沒掀開的王牌，被收藏家以五億收購，到現在為止，那張牌的價值逐年喊價而升高，已經超過十億。」莫言閉著眼睛，身體微晃，回憶著當年的種種。「人們想要那張牌的謎底，想要知道究竟是什麼牌，讓賭王甘心退隱。」

「哇，一張價值十億的撲克牌？」琴趴在總統套房的床上，隔著袋子，聆聽莫言的故事。

「難得我和橫財聯手去偷，卻意外失手了，因為我們完全打不贏她！那也是我第一次見到她……長髮，纖瘦，甚至有點孩子氣的一個女孩，我完完全全沒想到，我神偷之一世英名，就這樣栽在一個女孩手下。」

「嗯。」琴閉上眼睛，描繪武曲的模樣，長髮，纖瘦，有點孩子氣，這模樣，果然和自己有幾分相似。

「她說：『抱歉，我答應了賭王，這張牌在他想通之前，不能讓人掀開。』原本以為她會將我們扭送給黑白無常，但她卻只是笑，『尊重一個祕密，就是尊重一個人的人生，懂嗎？你們點頭，就讓你們回家。』」

「好好玩的一個女生喔。」琴笑，她認同武曲，如果是琴自己，她也許會做出一樣的判斷。

「橫財點頭，我卻搖頭，坦白說，我不知道自己為什麼搖頭。」莫言微笑，他已經完全沉浸在回憶中了。「也許我只想和眼前這個囂張的女孩，多說一點話。」

「那她怎麼說？」

「妳覺得她會怎麼說？」莫言說到這，轉頭問琴。

「啊，我猜，她會揍你。」琴歪頭想了一下，伸出小拳頭，「那種輕輕打頭的揍法，像是姊姊打弟弟那樣。」

「哈哈。」莫言笑了起來。

「很好笑嗎？」

「以武曲的道行，她雖然輕輕打一下，我的頭就已經埋入了地板之中。」莫言摸著光頭，苦笑。「不過，妳卻是猜對了嘿。」

「啊，她真的這樣打你？」

「是啊，她還雙手叉腰，很認真的對我說。」莫眼說到這，雙手按住墨鏡邊緣。「『不要任性，這樣會被別人討厭喔。』」

「哈哈哈。」琴大笑。「那你怎麼辦？」

「還能怎麼辦，只好點頭，然後我們就這樣被丟了出來。」莫言的雙手拉住鏡框，就這樣慢慢拿下了墨鏡，「我永遠記得，那是我第一次遇到武曲。」

「嗯。」琴看到了莫言墨鏡下的那雙眼睛，藍色的，像是萬里晴空倒映在海洋上的那種藍。

很淺，很亮，卻又彷彿蘊含著說不完的故事，與飛翔不盡的夢。

會有這樣眼珠的人，應該不會是壞人吧。琴暗暗地想著。

「而後來我才知道，當時的長髮女孩，竟是十字幫的大姊頭，統領三大黑幫與政府抗衡，不過，那也是好幾十年前的事情了。」莫言苦笑。「而在二十九年前，她卻突然消失，徹底消失了……」

「消失了，然後呢？」琴追問。

「……」

「莫言，」琴察覺到莫言的沉默，小聲的問，「你還好吧？」

「還好。」莫言閉著眼睛，「關於武曲突然消失的原因，傳言很多，有人說她被政府逮捕，有人說她被自己手下出賣，這些我都不相信，因為在那夜晚痛宰我的女怪物，怎麼可能被政府逮捕？就算出賣，她一定也能安然脫身！她可是武曲星嘿！」

「嗯。」

「後來我才知道，她回到了陽世，而且是她自願的。」

「為什麼呢？」

「沒人知道。」莫言搖頭，又重複了一次。「真的，沒人知道嘿。」

「嗯。」琴歪著頭，想著，「我猜，是因為她有非走不可的理由吧。」

「嗯。」莫言沒有回答，只是默默地再把墨鏡戴上。「也許吧，但是，那寶物，我一定會找到。」

「那東西是什麼？」琴忍不住問。「讓你和橫財追了足足二十九年？」

「這我可不能說。」莫言笑，「我只能說，只要拿到這東西，無論是政府或是黑幫，都會出個好價錢的。」

「這麼厲害？」

「當然嘿，被我神偷盯上的寶貝，怎麼會是等閒之物。」莫言說，「妳剛進陰界，一定什麼都不懂，我教妳一點基本的知識吧。」

「嗯。」

「妳知道什麼是道行嗎？」

「不知道。」琴搖頭。

「道行嘿，簡單來說就是能量，靈魂的能量。」莫言伸出手。「道行愈高，能量愈強，也就愈厲害。通常，道行必須靠天分加上努力，才能提升的。」

「道行？」琴想了幾秒，「它是不是就像是武俠小說裡的內力？還是漫畫中提過的氣？」

「對。」莫言笑了兩聲，「妳不算笨呢。」

「我可是原本要當作家的人呢。」琴得意的說。「什麼不會，就最會打比方了。」

「別高興得太早，接下來，我要說的就複雜了。」莫言慢慢的說著，「道行以階段來說，道行分為三層，心、體、技嘿。」

「心體技？」琴想了一下，「聽起來，好像是空手道的法則？」

「沒錯，因為陰界道行，說穿了也是武術的一種。」莫言仔細描述著，「心和體是技的基礎，它們的關係就像是一個三角形，技在上，心與體在下，當妳的心與體都到達一定的程度，一個專屬於妳自己的技，於是誕生。」

「心體合一，方能成技，是這個意思嗎？」琴問。

「沒錯，而心就是意志，體就是體術力量，一個陰魂的本身特質若是偏向心，最後得到獨一無二的技，就會接近心，反之，則會接近體。」

「啊，那你的收納袋能力，」琴拍了拍總統套房外的塑膠袋，「難道也是……」

「沒錯，就是我的技。」莫言摸了摸光頭，「妳這小妮子真的不笨，我的技由於需要牽扯到空間操縱的技巧，想像力很重要，所以心的比例相對較重。」

「這樣說來，那阿傑和小才那對雙胞胎……他們的黑刀和板斧？」

「不用懷疑，他們屬於體比心重要的派系，因為無論是板斧或是黑刀的操縱，都需要驚人的力量和體力。」莫言看著自己的手，「他們也算是難纏的角色，若不是妳在我手上，投鼠忌器，我也不會那麼輕易得手嘿。」

「嗯，原來是這樣。」琴點頭，原來陰界道行的強弱，是這麼一回事啊。

「基本上，陰魂之間，很難分出強弱，但道行高一點，能量豐沛一點，贏面就多一點。」莫言表情嚴肅，「但有一種情況例外，就是技。」

「喔？技？」

「愈是頂尖高手對決，勝負往往就愈短，常常一招定生死。」莫言繼續說著，「在這時候，愈是難以猜測到的技，就愈吃香，所以對很多高手來說，隱藏自己的技，或者說技本身的攻擊力、變化性或是弱點，都必須隱藏。」

「啊，可是，如果技是祕密，你為什麼還和我講這麼多？」琴一愣，忍不住開口問。「甚至還跟我解釋你的收納袋……」

「為什麼啊？」莫言躺在沙發上，嘴角露出淡淡苦笑。「我也不知道，也許是因為……妳很像她吧。」

「像誰？武曲？」

「嗯……沒事。」莫言說到這，似乎察覺到自己洩漏了太多情緒，他不再回答，更是伸手往琴的收納袋一拍。

整個袋子，竟然轉為一片漆黑。

而且這一次，連外界的聲音都聽不到了。

「喂！」琴用力拍了拍塑膠袋，發現已經無人回應她，她知道莫言不會再開燈，接下來的夜晚時光，她只能一個人度過了。

然後，她想起了這兩天發生的事。

那突如其來的小卡車，自己突然中斷的生命，父親的淚水，那些在陽世未完成的事情，像是學妹小靜的歌唱比賽，沒校完的稿子，還有與那個男生的打賭……

而她一個人在陰間，體驗著無法想像的孤單，這樣的生活究竟還要多久？

她想著想著，終於，在黑暗中緩緩閉上了眼睛，進入了夢中。

可是，琴並不知道，在她逐漸睡著的這個時刻，在同一個夜空下，另一個魂魄，也正從陽世來到陰界。

一個與她牽連甚廣的魂魄。

第二章・破軍

2.1 —柏

他死了。

莫名其妙的死了。

他只記得，當時的他正拿著棍子，在暗巷中追逐著。

他的棍子上沾著血，他也不知道，那是他同伴的血？或是對頭的血？他只知道，他要追，也要逃。

因為這是一場械鬥。

城市中兩個不起眼堂口「黑貓堂」和「全來會」，爭奪地盤所發生的械鬥。

而他，柏，有幸成為這場械鬥中的一分子。

只是雖然他參與其中，事實上他早已搞不清楚，這場械鬥開始的原因，好像是黑貓堂賣毒，賣到了全來會的地盤上，然後全來會來個黑道慣例「黑吃黑」，把黑貓堂的貨全都攔下來。

接著，黑貓堂派人在KTV砍了全來會的人，留下幾隻斷手在沙發上，雙方於是正式火拼起來。

可是，小狂，也就是他最好的朋友，卻曾經對他說，這一切都只是傳言。真正的原因，只是因為黑貓堂堂主的女友，移情別戀愛上了全來會的某個人，叫什麼「天馬」的，於是黑貓堂主震怒之下，就掀起了這場械鬥。

唉，一個三八女人的移情別戀，就讓數十名兄弟出生入死。

這就是黑道。

這就是義氣？

有時候，連他都感到有點荒謬。

只是就算再荒謬，他現在仍身不由己的在暗巷中奔跑著，他算了算，自己大概打倒了三個人，這數字已經可以交差了。

既然如此，差不多該找個安全的地方，來去休息一下了，只是不知道小狂在哪裡？小狂這傢伙雖然不太會打架，但打起來很狂。狂的下場，不是對方害怕的逃，就是小狂被打到在地上找牙齒。

希望小狂不要傷得太重才好，他好不容易替他把省道上的「檳榔姊妹花」給約出來，小狂如果拄著拐杖去約會，這風景就煞大了。

趁著一片混亂，他腳步開始放緩，左顧右盼尋覓安全的角落。

可是，就在這個時候，他發現了暗巷的盡頭，有個黑色的東西在蠢動。

「還有一隻嗎？」他慢慢走著，棍子在地上摩擦，發出咖啦咖啦的聲音。「你是哪一邊的，黑貓？還是全來會？」

黑影沒有回答，依舊背對著他，蹲在牆角。

「欸，我不管你是誰？你也是打累了在這休息吧？我不想和你打。」他握著棍子，語氣透露著威嚴。「但你要給我滾出來，別在那裡偷偷摸摸。」

黑影還是沒有回答，只是肩膀微微抽動著。

柏皺眉，一股不安的感覺湧上心頭，他直覺的握緊了棍子，步伐縮小，慢慢的靠近。

就在距黑影僅有三公尺的地方，柏忍不住揉了揉眼睛，因為他看到了黑影的腳邊，似乎躺著一個人。

「怎麼回事？」柏的動作更加謹慎了，一股不祥的預感，沉甸甸的壓在他的心頭。

他不喜歡這樣的感覺。

倒在地上的人，是自己人？還是敵人？而那個黑影，鬼鬼祟祟的把人拖到暗巷，又打算要做什麼？

而當柏看見了地上人的真面目，柏卻訝異了。

小狂。

小狂躺在地上，臉色慘白，彷彿被冷凍多時的死屍，而且，柏發現，更可怕的還在後頭。

那個黑影，他的手，正在小狂的胸膛部位按摸著，接著，黑影的手拉起。

一個快速鼓動，鮮紅的心臟，在黑影的手中。

心臟？他把小狂的心臟挖出來？這是什麼妖怪啊！

「混蛋，放開我朋友！」柏大喝，同時他不再謹慎，手上的棍子，挾著霹靂氣勢，朝著黑影的肩膀甩了下去。

棍子落下，在夜空劃出完美的曲線，落在黑影的肩膀。

接著，卻直接打中了地上。

這一剎那，柏只覺得背脊一陣冰涼，棍子明明擊中這黑影，為什麼穿了過去？鬼？

這黑影，真的是鬼？

「咯咯。」黑影回頭了。「還，一隻啊。」

他的五官朦朧，宛如隔著一大片毛玻璃。

然後，模糊不清的五官中，卻露出一個陰森至極的笑容。「陰兵。」

「因冰？」柏稍一遲疑，那黑影卻已經竄來。

察覺黑影一動，曾經在黑街闖出一番名氣的柏，怎麼可能坐以待斃？他雙手握棍，棍子登時甩了出去。

棍子精準的穿過了黑影，柏心裡暗罵了一聲糟糕，棍子再猛，打不中目標，又有什麼屁用？

戰場上的生死只有一瞬，柏的胸膛，已經被黑影的手按住，然後，無聲無息的，黑影的整隻手，陷入了柏的胸膛中。

「陰兵。」那黑影又再度說了這兩個字。

「媽的，什麼因冰啊！」柏感到自己的心臟被五根冰冷的手指握住，收縮劇痛，他的意識就要喪失。

同時間，一個低沉而恐怖的音調，卻像是冰冷的水般，慢慢流入了柏的腦中。

「如今陰界，政府攬權卻不知節制，紫微昏庸無能，導致群星各自崛起，正是易主之時。」那聲音說著，「也正是需要戰士的時刻。」

柏看著那黑影的手，噗的一聲，從自己的胸膛中抽出來。

一顆比阿狂的心，還要巨大，還要有活力的心臟，陡然現身。

這是我的心臟嗎？柏看著自己的心，正激烈的撲通撲通跳著，心的後方，還連著幾根手指粗細的血管。

「這是你的心魂！也是三魂七魄的源頭，你的心魂比剛才的少年要強壯，不錯不錯。」那聲音惻惻的笑著。「看樣子，你會是一個好陰兵。」

「你……究竟是什麼東西？」柏只覺得他的生命力，隨著那心臟的每一下跳動，不斷離開他的身體。

「我？記住我的名字，因為這名字將來肯定會成為陰界之王。」那聲音慢慢的說著，「我叫做廉貞星，邪命。」

「邪命……」柏的呼吸越來越慢，此刻的他，已經不再進氣，每一口吐氣，都是生命最後的能量。「那，我的朋友，也會死嗎？」

「已經夠了，抓太多引來政府注意，可就麻煩了。」那聲音笑。「話說回來，我最愛你們黑社會械鬥了，只要用一點點挑撥，你們就會自相殘殺，讓我趁亂奪去你們的心魂，練成陰兵。」

「啊……」柏意識不斷的流失，忽然他身體一動，「有震動，是簡訊……」

他的手，顫抖著，摸向了自己屁股上的口袋。

只是，手指不斷抖著，好不容易他摸到了屁股的口袋，可是就在這時候，心臟猛一跳，柏頭一歪，就這樣垂下了手指。

他睡了。

而且今生今世，再也不會醒來了。

只是，在他死亡的面容上，卻有著令人意外的笑容。

也許是因為，他死前的最後一個念頭，是想起了一個女孩對他說過的話……

「我說過，只要我通過歌唱的百人初選，就會傳簡訊給你喔！」

廉貞星・邪命

危險等級：8

外型：總愛穿著一襲黑色長袍，造型如同西洋抓著鐮刀的死神，真實面目目前尚無人看過。

鬼齡：不詳。

能力：傀儡絲。

貴為十四主星之一，其命運是影響整個陰界未來的關鍵，而他的技善於控制，堪稱是站在「控制系」的頂端。

命屬廉貞星，在紫微星系中最尊貴的十四主星之一，主陰火，乃是囚獄及秩序的主星，雖不及七殺等星凶殘，卻也是一顆危險之星。

2.2—柏

柏今年二十八歲。

七歲以前的人生，是阿媽告訴他的。

七歲以後的人生，則是謄寫在警察局的犯罪紀錄裡。

阿媽對柏說，七歲前，柏曾經擁有非常美好的家庭。

低學歷但認真憨厚的工人父親，以及高學歷聰明富家的千金小姐母親。

沒人能理解，柏的媽媽怎麼會愛上父親，而且愛得死心塌地，堅定不移，愛到不惜與家庭決裂。

但阿媽卻說，一開始他也反對柏的父親與富家千金結婚，並不是懷疑這媳婦不能吃苦，而是擔心兩人背景差異這麼大，會導致婚後的不幸福。

可是，阿媽每次說到這裡，滿是皺紋的臉上，總是漾起很淡很淡的笑意。

「我坦承，活了七十個年頭的我，真的看走眼囉。」阿媽總是低下頭，輕輕的說。「他們真的是非常適合的一對，沒見過那麼幸福的一對啊。」

父親的剛強單純，正好和母親柔軟聰明形成互補，就算會吵架拌嘴，兩人的感情仍不斷增溫，然後，母親懷胎十月，生下了柏。

原本是最幸福的時刻，等待他們的，卻是人生中無可意料的異變。

死亡。

兩夫婦意外身亡，徒留下還在襁褓中的柏。

由於母親已經和家人斷絕關係，唯一能照顧柏的，只剩七十多歲的阿媽。

但阿媽一句抱怨都沒有，默默的接下柏的照顧責任，腳不能跑，眼睛看不清的奶奶，就這樣每天揹著柏走過長長的河堤，把柏養到了七歲，然後送他上了小學。

當柏進入了小學，真正的人生考驗，才剛剛開始。

「剋死父母的衰仔」。

殘忍的綽號，在殘忍的小學學生口中流傳，把柏逼到只能靠他的雙拳，來保護自己。

於是，他成為了問題學生，一個在老師眼中，該死的問題學生。

上了國中，柏變本加厲，叛逆的他四處找人挑釁，找人麻煩，像是用石頭砸破別人的窗戶，或用刀子割破車子輪胎，還集成幫派，勒索班上的醫生小孩……在所有人不斷告狀下，柏天天都到訓導處報到，吃訓導主任的棍子。

只是，這個訓導主任似乎和其他老師不同，當某一天，訓導主任揍完了柏，訓導主任把他拉到小房間內。

丟給了柏一個紙箱。

「這給你。」訓導主任滿臉橫肉，還喜歡打赤腳，若不是他身在學校內，恐怕會被誤認為黑社會分子。「如果你不好好照顧牠，我就揍死你。」

照顧牠？

柏好奇的打開了紙箱。

裡面有一隻狗。

眼睛還沒完全張開，一身毛都蓬鬆鬆的小黑狗。

「記住，」訓導主任用力拍了柏腦門一下。「我每天要問你牠的狀況，可別給我亂養啊。」

說完，訓導主任甩門就走，只留下抱著紙箱的柏。

而那一天，是柏第一次，沒有在回家路上，用石頭砸破別人的窗戶，更沒有和他的酒肉朋友找別人麻煩。

他抱著紙箱，專注的走回家。

然後，柏把這狗取名叫做「月」，因為牠胸口那片像月亮的白毛。

柏養月養了整整十年，直到月變成老狗，然後在某個清晨，柏發現月爬出了自己的狗屋，躺在自己的床邊，深深的睡著。

怎麼搖再也搖不醒的沉睡著。

而之後的柏常想，他之所以會照顧小狂，或是其他剛進幫派的小子，大概是照顧月養成的習慣吧。

十年後，柏從學校畢業了，太多案底的他，沒有機會升學與工作，唯一的選擇，反而是加入黑道。

因為只有這裡，沒人會管你有沒有「案底」？

一轉眼，就是二十八歲。

身為黑道的一員，柏不是沒有想過死亡的問題，因為他看過太多兄弟死於非命，不是被暗算，就是在暴力械鬥中傷亡，不過最多的，還是縱情酒色搞到肝硬化，或是心血管疾病猝死。

柏會想，自己有一天會怎麼死呢？

他菸癮極小，會喝酒但不酗酒，更不碰毒品，唯一能讓他躺下的，大概就是械鬥。

只是隨著他實戰經驗增加，卻越打越順手，曾經，他以為自己可以再活十年，存夠錢給阿媽，讓阿媽可以好好安享餘生。

只是他沒想到，他會死得這麼莫名其妙。

死在一個連人類都稱不上的「鬼」手上。

「衰仔。」柏在最後一刻，忍不住苦笑。「我真是一個衰仔啊，算了，至少救了小狂，媽的，小狂你和檳榔姊妹花的約會，可別漏氣，要好好表現啊。」

2.3 挑兵

柏醒來的時候，發現自己正躺在一大片木質地板上，挑高的鋼架屋頂，光潔亮麗的地板，柏自言自語，這裡不是體育館嗎？

「難道這是夢嗎？」柏摸了摸頭，看著挑高的屋頂。

他被邪命害死，原來是一場夢嗎？

不過當柏意識漸漸清醒，他也確定了，這不是夢。

因為偌大的體育館內，除了他之外，還躺了四、五十個魂魄，而每個人的表情，都和他一樣困惑迷惘。

柏由躺而坐，盤起腿，開始思考整件事。

他記得自己不久前才參與了一場「黑貓會」與「全來會」的火拼，結果卻在暗巷中，被一隻人不像人鬼不像鬼的傢伙，給拖到了這裡。

而那個傢伙，強調著兩個柏完全不懂得字。

「陰兵。」

陰兵自然是屬於陰界的……柏抬起頭，看著眼前這棟寬闊的建築，他現在究竟是在陽世？還是陰界？

如果當真在陰界，而眼前這些人，是和他一樣被黑影拖下的無辜靈魂嗎？

柏觀察一會，發現大部分陰魂神色都相當萎靡，卻有十餘名魂魄，眼神依然銳利，還能像他一樣四處觀望。

而讓柏特別注意的，是一個坐在角落，留著長髮，身材纖細，像是藝術家的黑衣男子。不是因為這男子特別強壯，或是身穿奇裝異服，而是這男子整個人散發的氣質。

那是一股輕鬆慵懶的氣質，好像一點都不怕陰界。

而長髮男子似乎察覺了柏的眼光，他緩緩睜開眼睛，與柏目光交會。

而只是這麼如電光石火般的交會……

柏的身體一震，他彷彿見到一股狂暴的風，化成馬形，鐵蹄紛飛，朝他直奔而來，朝著自己狂奔而來。

「啊！」柏低呼急退，而同時那長髮男子移開的目光，再度回到閉目養神的狀態。

那馬形狂風，頓時消失。

這是怎麼回事？柏吃驚的不能言語，剛剛那一剎那，究竟發生了什麼事？

也就在這個時間，「卡！卡！卡！」麥克風回音，在體育館間迴盪了起來。

「各位魂魄，你們好，歡迎光臨廉貞星旗下組織『紅樓』。」一個尖銳的男子嗓音，從擴音器裡傳了出來。「你們心中也許充滿了好奇，為什麼你們會被抓來這裡？陰界又是一個什麼樣的地方？」

體育場上，或坐或站的魂魄紛紛轉身，面向掛在天花板四周的擴音器。

「我也很想給各位解答。」聲音中，帶著冷酷的笑意。「但在那之前，我想請各位幫我一個忙。」

「忙？」柏皺眉，忽然，他聽到體育館的四周大門，同時砰的一聲巨響，被撞了開來。

然後，兩隻像是公車一樣巨大的生物，踏著狂暴的腳步，衝了進來。

所有人下巴都吃驚的掉了下來，因為，那生物是烏龜。

巨大的身軀，四隻大腳在光滑的木頭地板上，迅捷的爬動。

「這個忙很簡單。」擴音器中，男人笑了起來，「那就是，別被我的寶貝『大賤龜』給吃掉啦！」

「大賤龜？」柏詫異起身，看見這兩隻在陽世不具威脅的緩慢生物，如今卻在寬闊的體育場上奔馳，動作之快，超乎想像。

陰魂們尚不及吃驚，第一個受害者已經出現。

第一隻大賤龜張開了大嘴，咬住了陰魂的頭，搖了兩下，然後像是吸果汁一般，把整個人都吸乾。

「這是什麼世界啊？」柏隨著人群，開始躲避四處狂奔的烏龜。「怎麼會有這麼大……

又這麼快的烏龜？」

而廣播中，持續傳來那男子低沉的聲音。

「這是陰界特產，大賤龜，小心，牠們可是很卑鄙的生物。」

果然，在體育館內，大賤龜追著一名陰魂，而那陰魂也許生前就是一個常被追債的人，腳步好快，烏龜追他不上，於是越落越遠

而那烏龜見狀，突然張開口，呸的一聲吐出唾液。

唾液黏住逃亡陰魂的背後，充滿黏性，那奔跑的陰魂被唾液黏住，手腳登時縮成一團，跌倒在地。

「太卑鄙了吧。」陰魂躺在地上大叫。「跑輸我，怎麼可以用口水？」

可是他的抗議還沒完，啵的一聲，已經被這隻大賤龜一腳踩成了肉餅。

另一頭，另一個陰魂則是國小國中躲避球冠軍，他擅長迂迴跑法，只見他左閃右躲，更讓背後的大賤龜疲於奔命。

而大賤龜在幾次追不到之後，竟頭往下一埋，啵的一聲，潛入了地板之中。

「啊！」遊魂跑了幾步，忽然尖叫。

游入地板的賤龜，已經追上了正在陸地上狂奔的陰魂。

就在那陰魂的腳底地板下，賤龜，張開了大嘴巴。

嘩的一聲，牠大嘴從地板上浮起，闔了起來。

頓時，又少了一個陰魂同伴。

只見兩隻賤龜一隻用口水黏住陰魂，一隻在地板捕獵，整個體育場數十名陰魂，在十分鐘以內，已經剩下不到十個。

而殘存的人中，其中之一就是柏。

他在混亂中隨著人群逃竄，幾次都差點被賤龜逮到，但奇怪的是，他總能在瞬間感受到烏龜對他撲過來的方向，驚險的避開。

賤龜越奔越快，口水亂吐，但偏偏就是差一點，沒能逮到柏。

但當柏轉頭，卻發現，整個體育場內，還有一個人竟然可以和賤龜周旋。

長髮的藝術家。

只有他依然坐在地上，面前是一隻正在進逼的賤龜，這隻賤龜也就是剛才潛入地板，擊殺許多陰魂的元兇。

而這隻賤龜，盯上了始終坐在地上，動也不動的藝術家。

牠張開大嘴，威嚇的朝著藝術家逼近。

「陰界，果然是令人懷念的地方啊。」那長髮男子的嘴角，微微一笑，然後抬起頭。

看著那隻巨大的賤龜。

一道視線，兩雙眼睛，在那一瞬間對望。

下一秒，兇狠的賤龜停住了，不可思議的事，接著發生。

賤龜全身發抖，然後四隻腳與頭部，都一起縮回了龜殼之內。

這是百分之百投降的姿態啊。

柏睜大眼睛，那長髮男子究竟是誰？竟能用一個眼神，就降伏殘暴的賤龜。

而同一時間，麥克風中那個男子的聲音再度傳出。

「時間到。」男子的聲音在笑，「恭喜存活下的各位，你們通過了第一階段的測試。」

第一階段的測試？柏發現背後的賤龜，已經停下腳步，如同沉睡般，縮回了龜殼之中。

而他環顧四周，原本五、六十位的陰魂，如今卻只剩下寥寥八人。

這八人，也就是柏一開始特別注意到的八個，他們是少數仍有力氣觀察周圍的魂魄。

體育館的門，也在這時候打開，一個拿著麥克風的男人，穿著黑色燕尾服，唯獨背上扛著一只綠色龜殼，跳著怪異的舞步，走了進來。

「在我賤龜的攻擊下，還有八人存活？」那男人笑。「看來水準挺高的啊。」

存活？其餘的八名陰魂都不是泛泛之輩，回瞪著眼前的這個男人。

「接下來，就是挑兵了。」那男人邪邪的笑著，「等到你們被挑選到，也許你們會想剛才被我的賤龜給吃掉，會比較幸福一點。」

體育館的門被推開，一男一女走了進來。

走在前頭的男人身材極為肥胖，像是一顆充氣過飽的人形氣球，連每根手指，都圓滾滾的像是胡蘿蔔。

而一旁的女人，她頭戴白色頭巾，五官如男子般俊俏，身穿背心，手臂的肌肉線條隱約可見，而且她渾身散發一股逼人英氣，好一個巾幗不讓鬚眉的女子。

那胖男人往前跨了一步，率先開口了。

「各位陰魂，容我先自我介紹。」那肥胖男人雙手舉高，「我叫做福哥，乙等天福星，隸屬黑幫『紅樓』的廉貞星旗下，專司後勤以及善後處理，我底下的福字部門，期待各位的加入。」

「我叫做龜男，乙等天貴星，則是我的本命。」一開始放出兩隻巨大龜的男人，瞇著眼睛邪邪的笑。「我在廉貞底下，負責情報收集，我底下的貴字部門，也非常需要新血喔。」

最後，是那個英氣十足的女人開口。

她一出聲，聲若宏鐘，立刻震懾住所有的冤魂。

「我是天姚，乙等天姚星。」那女人用拇指比著自己。「在廉貞底下，專司戰鬥，九死一生，眉頭不皺一下，歡迎各位加入紅樓的姚字門啊。」

當天，八個人被拆成了三團。

分別進入貴字部的龜男手下，福字部的福哥底下，以及姚字部的天姚門下。

柏被分入了福字部底下，原因無他，因為他的表現太平凡，他只是不斷逃避賤龜，所有人都認為，他只是運氣好沒被賤龜吃掉。

而那個長髮藝術家，則在第一順位，被天姚給拉走。

專司戰鬥的天姚，似乎擁有最高的權力，故她優先選兵。

第一件事，是發生在天姚挑選藝術家的時候，當時，天姚慢慢梭巡著眼前的八個人，卻眼睛瞄也不瞄那個藝術家，自顧自的走了過去。

「哼哈。」那藝術家，竟從鼻頭噴出一聲不屑的笑聲。

天姚的腳步站定，慢慢回頭，眼睛瞇起。「有事嗎？」

「沒事。」藝術家雖然口中如此說，眼神卻毫不畏懼的與天姚對看。

這一秒鐘，柏又感受到了那股令人渾身起雞皮疙瘩的寒意，那是什麼？彷彿一股強大的能量幻化成冷風，直接吹來。

柏左右張望，他卻發現，除了他以外沒人注意到這股風。

難道只有他能感受到？而他當時被賤龜追殺，之所以能屢屢逃脫，靠的正是這一股又一股不尋常的風。

「沒事？」天姚慢慢的轉身，朝著藝術家的方向走去，她每踩一步，柏都可以感覺到那股風，正在加強。「你的表情，看起來不像沒事啊。」

「哼哈。」藝術家沒回答，卻只是笑。

天姚慢慢靠近，在距離藝術家僅有五公分的地方，停住，她英氣十足的臉，笑了。

「以剛死不久的陰魂來說，你……」天姚一笑，右手慢慢舉起。「很囂張啊。」

忽然，天姚的手揮了出去。

化作一道冷冽的銀刃，直插下藝術的臉。

「還好啦。」藝術家頭一側，臉頰同時被劃出一條血絲。「我只是一個普通的魂魄啊。」

然後，他的膝蓋抬起，踹出。

天姚的左手往下一抓，擋住了藝術家由下而上的腿攻，而同一時間，她右手如毒蛇竄出，化作比剛才更快的冷光，在尖嘯的拳風中，砸向藝術家的肚子。

「要小心，這一拳會把你的肚子整個打爛喔。」天姚笑。

藝術家腳步曼妙，堪堪避開天姚的拳頭。

而拳頭剛避開，藝術家的腿已經抬起，像是一把彈簧刀，彈向天姚的臉部。

「那我也要說，我這一腿，可會把妳的頭顱踢爆。」藝術家笑聲中，帶著殺機。

而天姚頭一低，已經閃過了這腿，同時做出反擊。

從遠處看，只見兩人一前一後，一拳一腿，舞出一片交錯凌亂的影子，讓所有的陰魂看得是目瞪口呆。

接著，一聲沉悶低響貫穿體育館，拳影散開，一個人影，急速往後彈開。

這人影，正是天馬。

他雙腳踉蹌，不斷往後退，眼前追他而來的，卻是一躍而起，背後隱然出現一頭猛虎的「天姚」。

猛虎出柙，勢不可擋。

天馬防禦潰散，擅長的雙腳已經不成招，最後一步重心不穩，仰頭便倒。

一倒地，他只覺得胸口一沉，天姚已經坐到了自己胸口上，右拳高舉，拳頭如同猛虎力齒，對著自己的腦門，咬了下來。

「不愧是十四主星廉貞底下一號人物。」天馬苦笑。「我現在的魂魄能量，還不是對手啊。」

眼見，虎牙越來越近，天馬只能閉上眼睛，坐以待斃。

而就在這一瞬間，他卻聽到了耳邊一個極細小的聲音飄來。

「把頭往左偏，十度就好。」

生死一線，天馬也無暇分辨這聲音是好是壞，頭一側，耳邊冷風拂過，天姚的虎拳，已經貫入了木質地板之中。

地板粉碎，連帶數十公尺內的地板，都一起受到波及。

伴著自己幾絲頭髮飄落，天馬吐出了一口氣，險！好險的一拳！

「躲掉了？」天姚居高臨下，看著躺在地上的天馬。「你知道，我剛剛是真心想要殺你。」

「我知道。」天馬看著天姚。「戰鬥一開始，就不該留情，不是嗎？」

「很好，我欣賞你。」天姚瞪著躺在地上的藝術家，冷冷的說。「把你的名字給我。」

「天馬。」藝術家看著天姚。「妳確定要收手？我有件事要提醒妳。」

「什麼事？」

「現在沒殺我。」天馬眼中火焰燃燒。「有天，我會打敗妳。」

「是嗎？我很期待。」天姚微微一笑。「不過在那之前，可別死在姚字部的任務裡。」

「姚字部？」

「恭喜你，」天姚右手拉起天馬。「成為姚字部的一員，可別撐不了半路落跑啊。」

看到天姚擊敗了天馬，一旁的柏，卻歪著頭苦思，天馬這兩個字好熟，這不就是小狂口中說過，那個釣走黑貓堂堂主女人的小白臉嗎？

而當天，天姚只選了天馬一人，其餘七個人，三個被龜男選走，而最後沒人要的四個，就落到福哥的手上。

剛好，柏就在那最後四個人。

其中天馬身為第一個被帶走的陰魂，走之前卻在柏的面前，停了下來。

「剛才，那聲側頭十度，是你說的嗎？」

柏一愣，然後點頭。

「天姚的拳頭這麼快，你剛死不久，怎麼可能看得到？」

柏聳肩，其實他也不知道為什麼？他為什麼能在那電光石火的一瞬間，捕捉到天姚拳頭落下的軌跡。

那感覺，就像是風。

那令柏起雞皮疙瘩的風。

風，會告訴柏，在體育場上，誰是強者？也會告訴柏，賤龜會攻擊哪個方向？甚至會告訴柏，天馬的頭該如何閃避，才能躲開虎牙般的天姚之拳？

「嗯，同為高手，隱入陰界，必有其祕密，我不會多問。」天馬眼睛瞇起，看著柏。「但我討厭欠人，算我欠你一次。」

「啊？」柏正想說，自己才不是什麼屁高手，但天馬已經邁步追著天姚而去。

徒留下柏和一群陰魂，開始了他們漫長悲慘的陰界打雜生活。

天姚星・天姚

危險等級：4
外型：英氣勃勃的女中豪傑。
鬼齡：六十年。
能力：虎拳。

技術本質偏於「體」，虎拳是四獸拳「龍，虎，猴，豚」之一，所謂的獸拳，是模仿野獸的形態，所衍發出來的拳法，當拳力發揮到極致，甚至會出現該獸類的圖騰。

命屬天姚，在紫微星系中屬於乙等星，乃水性之星，陰柔但是強橫。

2.4 那個叫做小靜的女孩

柏的生命中，有個女孩很重要。

一開始，他並不認識她，她也不認識他。

他們的相識，是因為月，就是那隻訓導主任給柏養的狗。

當時的月，有個令人頭痛的小毛病，就是當柏回家，月就會衝到柏的面前趴在柏的腳邊，不斷搖著尾巴。

搖著搖著，一灘尿就這樣漏在地上。

柏常常一邊罵髒話，一邊替月擦地板上的狗尿。

不過，柏卻從未想要把月送走，因為他知道，月只會對他一個人撒尿。

原因很簡單，月很喜歡自己。

而這份喜歡，柏能懂。

只是月的這個特殊習性，卻也讓柏因此而認識了那個女孩，小靜。

那是一個秋天下午，柏按照習慣，雙手插在外套口袋裡面，帶著月散步。

卻發現牠突然搖起尾巴，往前衝去，直衝向前方一個拿著書包，剛從補習班出來的女生。

「笨狗，傻狗，別亂來！」柏見狀，知道情況不對，正要拚命阻止。

但那隻狗，卻已經以前腳撐在女孩大腿。

隨即，那毛茸茸的胯下，黃色的尿，噗吱一聲，噴了出來。

整個場面頓時冷僵，包括驚愕的少女，還有滿臉尷尬的柏。

「這隻狗，平常……不會這樣的……」柏滿臉通紅。「牠只有對牠很喜歡的人……才會……」

「很喜歡的人？」女孩蹲下，看著正在拚命搖著尾巴的月，她的表情從驚愕慢慢改變成溫柔。「你說，這隻狗喜歡我嗎？」

「我想大概是。」而一旁的柏，卻看著這女孩的表情，看得有點傻住。

為什麼這女孩，眼神可以這麼溫柔呢？

「那很好啊。」女孩笑了，彷彿完全不在乎她的一雙黑色皮鞋，被狗尿沾溼。「叫什麼名字啊？」

「我叫柏。」

「狗叫做柏？好像人的名字喔。」女孩嘻嘻一笑。

「啊，不是，不是，柏是我的名字。」柏的臉又更紅了。「對不起，牠叫做月。」

「月？是紀念牠胸口那彎白毛嗎？」女孩淺淺微笑。「我的朋友養了一隻獒犬，也叫做月，那是像是將軍一樣威猛的狗喔。」

「真的？」柏笑。「可惜我家這隻月沒這麼厲害，只會對人亂撒尿。」

「不會啊，我覺得牠很聰明，至少會分辨喜歡誰。」女孩抬起頭，看著柏，「你好，我叫做小靜。」

「我叫做……」柏急忙也要介紹自己，卻只說到一半，就急忙打住。

「嘻嘻，我已經知道你名字啦。」小靜微笑。「你是柏。」

「是啊。」柏搔了搔腦袋。

「很高興遇見你喔。」小靜摸了摸月的頭，起身。「掰掰。」

「我也是。」

看著小靜逐漸遠離的背影，柏抱起了狗，他忍不住笑了起來，「傻狗，有時候，真不知道你是真傻還是假傻，還挺會挑正妹的嘛。」

因為這隻狗，柏與小靜的生活，開始有了交集。

一開始只是遛狗與補習班之間的相遇，到後來，開始一起散步，一起閒聊，小靜把柏當成課業與同學之外，一個極為特別的朋友。

甚至，連她心中最大的祕密，都和柏分享。

「柏，你知道我未來想做什麼嗎？」那天，小靜揹著沉甸甸的書包，看著走在前面，被月拉著走的柏。

「想做什麼？」

「我想唱歌。」

「唱歌？」柏的腳用力撐住，才勉強止住不斷往前衝刺的月。

一人一狗，在公園的路旁，陷入膠著。

「是啊。」小靜慢慢的走著。「我想要唱歌，其實我自己有偷偷嘗試寫歌，我想往音樂界發展。」

「真的？那很好啊。」柏雙手扯著月的繩子。「原來妳會寫歌啊，好酷。」

「是啊。」小靜看著天空，此刻已經從深秋悄悄的進入了冬季，寒氣十足。「現在的我，每天從早上六點半起床趕車，上課到晚上五點，趕去補習班直到九點半才下課，為的是考上一間好大學……這樣的生活，很煩悶，也好空洞，等我上了大學，我一定要實現我的夢想，我想唱歌。」

柏轉過頭，看著這個仰望星空的女孩，他不禁微笑。

「幹嘛笑？」小靜察覺了柏臉上的表情，紅著臉說。「很怪嗎？我的夢。」

「不會啊。」柏語氣真誠。「我覺得妳真的夠酷。」

「嗯？」

「知道自己要什麼，而且勇敢的去做。」柏認真的說。「這樣的人，是真正的強者。」

「哈，你用強者來形容我，好怪喔。」小靜微笑著。「那你可以答應我一件事嗎？」

「啥事？」

「如果有一天，我真的進入了歌壇，無論成功不成功，你都會繼續聽我唱歌嗎？」

「會。」柏語氣堅定，只是身體卻被月一點一滴的往前扯去。「我答應妳，無論多久，無論多遠，我都會聽妳唱歌。」

「呼。」小靜閉上了眼睛，手拍著胸脯，吐出了一口長長的氣。「那我就放心了。」

「嗯？放心？」

「這樣啊，我就不會怕了，因為我相信，未來無論經歷多麼大的困難。」小靜慢慢的說著，「都有一個人默默支持我。」

「哈，為什麼妳這麼相信我？」柏一步一步，被月拉走，仍不忘回頭問。

「為什麼啊……也許因為，你和我周圍的人都不同吧，他們總是希望我好好念書，考上好學校，我了解每個人，也知道他們會因為太多現實因素，而改變承諾。但是你不同。」小靜慢慢的說著。

「我不同？」

「你很神祕，和我的世界截然不同，所以我不了解你，也無從了解起。」小靜一字一句，慢慢說著，「也因為這樣，只要我選擇百分之百的相信你，那你就值得相信，甚至我連你是誰，都不用多問。」

「嗯。」

「會很難懂嗎？」小靜小聲的說。「我的話……」

「簡單來說，」柏決定不再和月僵持，他蹲下，一把抱起掙扎的月。「就是妳願意相信我？」

「是的。」

「那，我可以回答妳，按照我的習慣。」柏微笑，雙眼定定看著小靜，「我一定不會騙妳。」

「嗯。」

「無論多遠，無論多久，只要妳繼續唱歌，我都會繼續聽下去。」

「謝謝。」小靜閉上了眼睛，她發覺自己的眼眶溼熱。「謝謝。」

「不客氣。」柏抱著月，在這片星空下悠閒的往前走。

腳上的藍白拖鞋，啪嗒啪嗒的響著。

等到柏醒來，他發現，自己正躺在一張破舊的床上，床邊，是一個中年男子，正對著鏡子，用簡陋的刮鬍刀，修著自己的鬍碴。

「做夢了對不對？」那男人咧嘴笑，兩排黃色牙齒露了出來。「魂魄剛死，最容易做夢了，有一種說法，陰界的夢，就是陽世的記憶啊。」

「嗯。」柏點頭，看著四周，「這裡是哪裡？」

「福字部的宿舍。」那男人比了比床。「很破舊吧？沒辦法，這裡是三大部裡面最老舊的，你也知道，福部門專門處理戰鬥後的遺跡，其實很不受重視。」

「不受重視，是嗎？」柏起身，他摸了摸頭，一整夜的回憶之夢，讓他感到頭暈腦脹。

「我的名字叫做福八。」男人摸了摸剛刮完鬍子的下巴，咽喉處，一個藍色的刺青，刺著八。

「福八，好怪的名字，我叫做柏……」

「不，你不叫做柏。」那男人伸手，用還沒洗乾淨的油膩大手，壓住了柏的頭。「你是福九十九號。」

「啊？」

「在這裡，我們只有代號，沒有名字。」那男人把刮鬍刀丟在鏡子前，笑著說。「而你，就是九十九號。」

「福九十九……」柏苦笑，怎麼聽起來像是阿兵哥，只有號碼沒有名字。

「你剛來不久，紅樓還沒時間替你刺青，對啦，你應該也沒有自己的生活用品，前一位房客留下的，你就盡量用吧。」

「嗯，」柏抬頭看著周圍，所謂前一位房客的東西，實在少得可憐，只有幾件衣服。「他的東西好少，他搬走了嗎？」

「搬走？哈哈。」

「有什麼好笑的？」

「他不是搬走。」福八轉頭，看著柏，「他掛了。」

「掛了？」柏想起體育館內四處肆虐的賤龜，陰魂也會死，這是他不久前才親身經歷過的。

「而且他是這半年來，第五個掛掉的。」福八笑，露出黃色牙齒。「也是第五個福九十九號。」

「啊？」

「要撐著點啊。」福八大笑，手大力拍著柏的背部。「別成為第六個掛掉的福九十九號呢！」

隨著福八，柏才知道，原來紅樓的三大部門究竟在幹些什麼。

他們是黑幫，更是黑暗的軍隊。

在廣大的陰府世界裡面，除位在頂端的「政府」之外，尚有許多的黑幫生存著，政府擁有控制陰界的大權，而黑幫則象徵著極權之下的反對勢力。

黑幫大大小小數目繁多，歷史上，其中曾有三大幫派能與政府抗衡，那就是「僧幫」、「道幫」，以及「十字幫」。

「僧幫？道幫？十字幫？」柏跟著福八，走在無光的暗巷中，忍不住繼續追問。

此刻，柏跟著福八，要去第一個任務的所在地。

據說，那是一個廢棄的戰場。

「僧幫是目前現存最大的幫派，跨足的領域很廣，他們一開始是以開發咒語起家。」福八說。

「咒語？」柏睜大眼睛，這是什麼？

「咒語對陰界來說，可是相當方便的東西，菜鳥。」福八瞪了柏一眼。「咒語可以強化陰界物品的強度、重量、速度，甚至是創造一個全新的物品，有點像是陽世的奈米科技。」

「奈米科技？」柏聽過這詞，不過他是從電視上聽到的，好像是一種很小很小的東西，但他不懂的是，很小很小的東西怎麼被預言可以改變世界？

「不懂吧，沒知識要多看電視啊。」福八得意的比了比自己，「咒語是很好用的東西，僧幫創造咒語，改善咒語，讓它成為陰界的主要商品。」

「那道幫呢？」

「道幫是重工業。」福八說，「他們製造各式各樣的重型機械，不過真正讓他們成長成三大黑幫的關鍵，卻是他們跨足到武器工業。」

「武器工業？」柏問。「像是手槍、子彈之類的東西嗎？」

「手槍？子彈？那些廢物。」福八冷笑，「陽世的廢物只能傷害肉體，我們陰魂可是以能量為主，道幫開發的武器，雖然只是刀或劍，都比那些手槍要厲害得多。」

「是喔。」柏點頭，從體育館的經驗得知，陰界真的是一個比較暴力的地方。

「不過，也因為跨入武器界，讓原本就特立獨行的道幫，變得越來越離經叛道，甚至有入魔的感覺。」福八嘆氣。「武器畢竟是攸關生死的東西，一旦掌握了這些技術，一定也會讓良心扭曲的。」

「喔，那十字幫呢？」

提到十字幫，原本多話的福八，沉默了半晌，才說了兩個字。

「沒了。」

「沒了？」柏訝異。

「十字幫原本是搞出版的，算是有文化水準的，可惜大概二十幾年前，十字幫開始走下坡，如今已經幾乎完全消失。」福八嘆氣，「當年整個反政府勢力，在三大黑幫的整合之下，幾乎可以和政府抗衡，最後還是失敗了。」

「嗯，與政府抗衡，政府很壞嗎？」柏忍不住問。

「政府……噓噓噓……這話可不能亂說！」福八像是受到驚嚇一樣，急忙摀住柏的嘴巴。「政府到處都有眼線的，尤其是那黑白無常……」

「啊？」

「不說了不說，以新人來說，你話很多勒，總而言之，政府很強勢，又掌握陰陽生死之門，我們就只能默默忍受啦。」

「嗯。」柏點頭，整個陰界似乎是處在一個政府專制的情形下，他得到這樣的結論。

「對了，你死掉以前，有什麼願望啊？」福八問。

「願望？」柏愣了幾秒才回答，「我想聽歌。」

「聽歌？」福八笑，又是那排黃色牙齒。「看不出來是一個追星族啊。」

「你呢？」

「我已經死五十年了，早就看開了。」福八笑了笑，老油條的閃過。「哪還有什麼願望？讓我繼續在陰界鬼混，然後有酒喝就好。」

柏看著福八，忽然間，他在這禿頭滿嘴黃牙的中年男子眼中，看到了一絲言不由衷的光芒。

這光芒雖然微弱，竟和想要唱歌的小靜有點像。

它似乎說著，這老鬼魂，還想做點什麼？

只是柏沒有再追問下去，而他們的目的地也已經到了。

「菜鳥，這裡，就是我們今晚要工作的地方。」福八手指前方，冷靜的說著。

順著福八的眼光，柏愣住了。

同時間，這也是柏第一次感受到，原來他生前在陽世所遇到的黑道大規模械鬥，原來只是小場面而已。

這裡，才是真正血腥的戰場。

巷弄的底端，原本是陽世中，一座商業大樓。

如今，商業大樓從一樓到二十餘層，全部都是激戰後的痕跡，整片的血跡，滿地殘缺不全的魂魄屍體。

仔細一看，牆壁上落著寬達五公分的巨大刀痕，還有一排一排的爪痕，以及整個鐵門凹陷的大洞。

「這些破壞……陽世的人看得到嗎？」柏看得是目瞪口呆，陽世黑道的仇殺，最多不過是在牆壁上留下一排彈孔，而陰界的戰鬥，已經像是動用到重型兵器的兩國戰爭了。

「廢話，當然看不到，不然他們會以為鬧鬼了。」福八左顧右盼，嘴裡發出嘖嘖的聲音。

「看這些痕跡，不得了啊不得了……這嚇死人的鉤痕，看樣子是海幫的漁夫也參戰了……看看這撞痕，公路幫的『卡車』也來了！喔，這凹陷的痕跡，是雪幫的雪怪嗎？」

「海幫？雪幫？公路幫？」柏聽得是頭昏腦脹，陰界的黑幫分類，怎麼和陽世差這麼多？

「很奇怪嗎？海幫是跑海賣魚起家的，雪幫是連鎖剉冰店，公路幫是專門幫人在公路跑貨的，因為常受到搶劫或是大盤商欺負，於是集結成幫……」福八說，「這就是幫派生成的歷史，陽世也是吧？」

柏點頭，仔細想想，陽世早期的幫派，好像也是這樣形成的。

當年，專走水路運鹽的「漕幫」，地區性極強的「牛埔幫」，甚至是為了鞏固賭博事業而名噪一時的義大利「黑手黨」等等，都是因為討生活不易，使得他們逐漸團結，進而形成一個又一個幫派。

「不過，他們為什麼要打啊？」柏問。

「……」只見福八睜大了眼睛，彷彿看到了一個從地底冒出來的白痴。

「我的問題很蠢嗎？」

「當然蠢！菜鳥！會打，當然是為了爭奪地盤和寶物。」

「地盤與寶物？」柏暗想，真的，從陽世到陰界，怎麼黑道都一模一樣，都在搶奪。

「陰魂和陽世的人不同，魂魄是純粹的能量，除非能量消滅，不然我們不會死，也因為這樣，我們很重視一些物質的享受，像是美食。」福八說，「不過寶物和地盤又有不同的含意。」

「含意？」

「因為寶物和土地就是能量的來源，土地是自然的能量，能佔有地盤，就能擷取其中的陰氣，讓陰魂更強，活得更久。」福八說到這，微微一頓。「而寶物則算是人為的能量，具有陰氣的物品，可以跨越陰陽兩界，對陰魂來說，更是營養品。」

「那寶物像什麼呢？」

「寶物太多啦，舉凡受到陰氣感染的東西都是啊，陪葬品或是曾經殺過很多人的軍刀，都會變成陰氣聚集的寶物啊！」

「喔。」柏似懂非懂的點頭。

「關於陰界，你還太嫩啦，福九十九，聊了半天，該上工了。」

「要戰鬥了嗎？」柏握拳，他對自己陽世的打架很有信心，但是陰界……他就一點把握都沒有了。

「呸，我們要戰鬥？戰鬥是姚字部他們的事，我們是廢柴，工作很簡單。」福八說，「我們是戰場禿鷹。」

「禿鷹？」

「是啊，福字部的我們……」福八拍了拍自己肥沃的肚皮。「是等到戰鬥結束，再來撿死去魂魄物品的戰場禿鷹啊。」

天貴星・龜男

危險等級：3
外型：揹著龜殼的燕尾服男人。
鬼齡：四十五年。
能力：馭龜術。

能操縱陰界的危險野獸「大賤龜」，賤龜有一堆讓敵人中計的賤招，卑賤但是有效，故戰鬥力雖然不強，但仍被列為百大危險陰獸之一。

命屬天貴，在紫微星系中屬於輝度較弱的乙等星，雖然近權貴，卻不如甲等星文曲和文昌如此重要。

2.5 ——黃昏戰場

走在這棟剛經歷慘烈戰役的商業大樓之中，柏不禁砸舌連連。

陰界裡頭，都是一些怪物嗎？怎麼可以把一棟建築物破壞成這樣？

先到的是接待客人的大廳，這裡地板上積滿著一灘又一灘的血跡，凌亂的甲冑散亂著。

走沒幾步，柏就發現前方有四、五組人馬，他們低著頭，扛著一個大布袋，在每一層搜尋著。

「福八，有人！」

「該死，我們來慢了，這些是其他幫派的禿鷹。」福八低聲對柏說。「他們也來找有沒有值錢的東西。」

「那他們是敵人？」

「別傻了，我說過，戰鬥是姚字部的事。」福八瞪了柏一眼。「我們待遇差，能力也不強，就撿撿東西就好啦，不久之後，其他幫派像是雪幫或公路幫應該都會來，我們就裝作沒看見對方就好了。」

「喔。」

「專心找。」福八從背部抽出一根棍子，在地上亂掃。「能找到不凡的寶物，我們就賺到了。」

「可是，我不知道要找什麼？」

「跟著看。」福八唸了一句，「菜鳥就是菜鳥，跟著看就對了嘛，問東問西的。」

「是。」

只見福八用棍子慢慢的在地上掃著，而棍子的前端有個假手，透過假手可以在殘破的戰場翻找東西。

而柏則尾隨在福八的背後，看著他蒼老佝僂的背影，在戰場上緩慢的前進。

柏百般無聊的跟著福八，忽然，他發現了異樣。

「福八，福八……」他輕輕的喊了幾聲，「剛剛四組人馬，好像少了一組？」

「少了一組？」福八皺眉，「我不是叫你不要管那些人嗎？」

「可是，他們幾個剛剛還在，怎麼突然不見了？」柏仰著頭，他發現自己胸膛的心臟微微鼓動，大樓的天空，一股不祥的風，似乎隱隱凝聚。

「也許他們已經收集夠了，也許他們去了其他樓層。」福八依舊用他的假手，在挑著殘破的戰場，「嘿，找到了，是一把斷劍，只要是武器類的，都可以透過重新鑄煉而賣錢。」

「不是。我不是那個意思。」柏不懂，難道福八他們都感覺不到風嗎？

而此刻的風，甚至比體育館內，那兩隻賤龜肆虐時，更加的令他不安。

風在殘破戰場的每個角落滑過，穿過每個縫隙，宛如一隻又一隻的亡靈，在柏的耳邊細語。

「嘿，菜鳥，把這把劍裝好，喔，這裡還有皮製盔甲，這個好，是罕見的黑山老貓皮。」福八毫不在意柏的擔憂，繼續他的禿鷹事業。「你知道嗎？幹禿鷹這行，眼光最重要，能從一堆血跡中找出好東西，能賣錢，擴充自己的實力，就能提升自己的能量，甚至強化自己的技。」

柏卻越來越不安。

因為戰場上的人越來越少了。

原本還有四組人馬，竟然一組都不剩了，他們是什麼時候，又是怎麼消失的？

如果只是撤退，為什麼全部的人都毫無徵兆的撤退？

不祥。

不祥的風，在戰場上四處飄著。

「福八。」柏聲音顫抖。「不對勁，沒人了，我們周圍都沒人了……」

「沒人個屁……」福八抬起頭，話突然停了。

「福八？怎麼？」

然後，福八忽然轉身，用盡全力對福九十九嘶吼，「逃！」

逃？柏轉身就跑，而他聽到背後除了福八的腳步聲，竟還多了一種尖銳的吼聲。

那不是一般野獸的吼聲，至少柏活了二十八年歲月，從來沒聽過這種尖銳的吼聲。

忍不住，他回頭了。

映在他眼中瞳孔的，竟是一隻灰色，巨大，張著血盆大口的鯊魚，從商業大樓的地板浮了出來。

「怪物啊啊！」柏大叫，而背後的福八則趁勢跑到了柏的前方。

「這是陰獸。」福八拚命跑著，「一種叫做屍鯊的陰獸。」

「屍鯊？」

「屍鯊，在『陰獸綱目』中，雖然比不上十二大陰獸強大，卻也是極度危險的野獸。」福八跑著，已經跑了兩樓，而柏在後面死命追趕。「不過……」

「不過什麼？」

柏的問句尚未出口，他忽然感到背後的風突然增強，如同狂風通過風的甬道，一口氣噴射出來。

基於直覺，柏往前一躍，連福八一起撲倒在地。

「混蛋！福九十九！你幹嘛！」福八張開嘴，正要大罵，忽然一大片陰影，從他們的頭顱上方五公分，飛躍了過去。

這黑影，正是屍鯊。

飛過的瞬間，柏仰頭，他看到了屍鯊滿嘴的利齒，空中閃爍著冷冽的銀光。

福八也醒悟了，若不是柏及時將他撲倒，此刻的他，恐怕已經成為那數排利齒裡的碎肉。

「好小子，」福八呼呼喘氣，拍了拍柏的肩膀，「挺有天分的啊。」

「那現在該怎麼辦？」

「該出絕招了。」福八將手上的鐵杖一甩，杖頭的那隻假手，脫離了鐵杖本體，飛了出去。

「絕招？」柏睜大眼睛，只見到那假手在空中宛如有生命，五指不斷張合，最後噗的一聲，抓住了屍鯊的肚子。

「技，有聽過嗎？這是我賴以維生的技。」福八大叫。「搔癢吧，愛的小手。」

「搔癢？」柏詫異之際，那隻假手靠著食指和中指當腳，在巨大的屍鯊身上爬來爬去，一到屍鯊的下巴處，開始靈活的爬搔起來。

這一搔，兇狠的屍鯊忍不住咯咯的笑了。

還笑到在地上不斷扭動。

牠試圖要掙脫這隻該死的小手，偏偏小手靈活異常，到處東躲西閃，讓強如屍鯊，一時間只能在地上翻滾。

「快走吧。」福八拉起柏的手，往商業大樓門口狂奔。「我的技不是攻擊用的，頂多只能拖住幾分鐘而已。」

「這就是技啊。」柏眼睛瞇起。「原來技的變化如此多。」

「我們還要再回來。」

「啊？」柏的步伐就要跨過商業大樓的門，卻忍不住遲疑，「我們還要回來？」

「沒錯。」福八語氣難掩興奮，「因為戰場上出現屍鯊，可是大事一件，因為陰獸會被強大能量吸引，尤其像是屍鯊等級這樣高的陰獸，表示寶物很不得了。」

「強大能量？」柏想起福八曾經和他說過的話，在陰界最有價值的東西有兩個，一是自然的陰地，二是人為的寶物。

如果這裡有強大的能量，那是不是表示，這裡藏有……

「懂了吧？」福八笑得好開懷，「這表示，這戰場上，有寶貝啊啊啊啊。」

柏離開商業大樓之前，最後一次回眸，他看見了躺在地上因為假手，笑得不斷打滾的屍鯊。

忽然間，柏有種奇怪的感覺。

在遠方，這座城市的另一個角落，某個和他未來息息相關的人物，正在甦醒。

這個陰界，究竟將發生什麼大事呢？

第三章・武曲

3.1 孟婆

琴做了一個夢。

她夢見她第一次遇到小靜。

那是她剛升上大二，她的房間因為一位學姊畢業，而空出了一張床，因此，有個新的學妹會搬進來。

當時的琴，理著一頭跟男生一樣的短髮，帥氣的盤腿坐在書桌前打電腦。

這時，門開了，一個拉著沉重行李箱的女孩，出現在琴的眼中。

只是她一見到穿著中性，俐落短髮的琴，她嘴巴微張，隨即臉就紅了。

「對不起，我……我走錯了。」她急忙退出門外，察看房間外的門牌。「沒錯，這裡是女六舍啊。」

「妳沒走錯啊。」琴微笑，「短髮涼快啊，妳好，我叫做琴。」

「琴學姊，妳好。」小靜滿臉通紅，彎腰鞠躬。

「別那麼客氣，什麼學姊學妹？」琴說完，搶到小靜的旁邊，幫忙把琴重達十五公斤的行李箱，拉入了寢室內。

「學姊，謝謝，謝謝……」

「哇，好重，妳帶什麼寶貝啊？」琴忍不住問。

「書。」

「喔？」琴眼睛一亮，「妳喜歡書？」

「是啊，我喜歡書，喜歡詩句，最喜歡的是像詩一樣的歌詞。」小靜打開行李箱，果然，裡面紮紮實實的，是一套又一套文學典籍。

「妳果然是中文系的欸。」琴發出嘖嘖的聲音。「原來這地球上，還有這樣的人種存在啊。」

「咦？妳不也是中文系的嗎？」

「我啊，我喜歡電影，喜歡啤酒，當然我也喜歡書。」琴露出雪白明亮的牙齒，微笑。

「不過我比較愛的不是詩，而是小說。」

「小說？」

「別小看我，我念的第一本童書就是水滸傳，我將來想當小說家。」琴笑，「要當一個能創造出精彩故事，刻劃義氣的小說家。」

「……」小靜看著琴，她的臉越來越紅。

「幹嘛臉紅啊？」

「學姊。」小靜由衷的說。「妳好帥。」

「我很帥？」

「嗯，超帥。」小靜用力點頭。「有夢想的人，最厲害了。」

「那妳呢？將來想做什麼？」

「說出來，學姊不要笑我。」小靜看著琴，小聲的說，「這夢想，我幾乎沒和人說過。」

「說來聽聽啊。」

「我想唱歌，我想自己寫詞，自己唱。」

「妳想唱歌？」琴看著小靜，眼前這個羞怯而臉紅的清純女孩，竟做著這麼勇敢的夢啊。

「是啊。」

「讚，我喜歡。」琴豎起大拇指。

「學姊不知道為什麼，我一見到妳，就很放心的把這件事和妳說。」小靜微笑，「妳是第二個知道的。」

「那第一個是誰呢？」

「嘻嘻。」小靜此刻的臉，不再紅了，眼神轉為溫柔。「這是我的祕密。」

「男生喔？」

「嘻嘻，祕密。」小靜堅持不說。

「不說？不說我就要動用本寢室的酷刑！」琴大笑，「地獄搔癢術！」

「救命，學姊救命，饒了我啊！」小靜笑著逃跑，兩個人，在短短的十分鐘內，就註定成為無話不談的親密好友。

只是，那晚琴並不知道，這個小靜口中「祕密」的男人，竟與自己的淵源如此之深如此之深。

琴醒過來的時候，她睜著眼睛，看著老舊的天花板，眼眶微溼。

「做夢了嗎？」

琴睜開眼的時候，發現一旁說話的人，不是戴著墨鏡的莫言，更不是流氓外表的橫財，而是一個老婆婆。

她滿頭白髮，穿著剪裁簡單的長紗，雙眼已盲，坐在一張古老的木椅上，靜謐的微笑著。

琴猜測，這婆婆年輕時候，絕對是一個傾國傾城的高雅美女。

「妳知道，陰界的人為什麼有夢嗎？」婆婆微笑。

琴喜歡婆婆說話的聲音，每個抑揚頓挫都好優美，就彷彿一首悠揚在教堂內的歌。

「為什麼？」琴抹去眼眶的淚水。

「夢，是陽世的記憶，越是深刻的記憶，越會在我們夢中出現，縱使我們已經將一切都遺忘……」婆婆的語氣優雅，卻有種柔軟的哀傷。「夢卻會記得。」

「嗯，原來如此。」琴輕輕的說，「所以我夢見過去的人，是因為我還有著陽世的記憶嗎？」

「妳叫什麼名字呢？小女孩。」婆婆問。

「我叫做琴。」

「琴？樂器的琴？」

「是。」

「琴者，樂器之王，音域廣泛，或寧靜或狂暴，動靜皆宜，是很好的樂器。」

「我，我沒有那麼厲害啦。」琴一聽，不由得臉頰發燙。「那是我爸爸幫我取的，他說我出生的時候，哭起來像是壞掉的鋼琴一樣吵，所以叫我琴啦。」

「呵呵。」婆婆笑了。

這時，琴左顧右盼，她想起了莫言和橫財。「對了，那兩個人呢？原本捉住我的人呢？他們不在這？」

「妳說，那兩個帶妳來的小男孩啊？」婆婆微笑。「一個光頭，一個營養過剩的胖小孩嗎？」

「是啊。」小男孩？琴嘀咕了兩句。按照孳羊莫言昨晚的聊天，他可是擁有將近百歲鬼齡的老鬼，怎麼會被人叫做小男孩？

「這裡，他們不敢進來的。」

「不敢進來？」

琴不解，這兩個人號稱神偷鬼盜，還在醫院中從阿傑小才手上，把琴硬搶下來，怎麼會這麼輕易把她交給婆婆後，甘心在外面等候？

「這裡是我的地盤，叫做『記憶之屋』。」婆婆輕笑，「在這塊我的土地上，沒我的允許，沒人敢輕易進來的。」

「哇。」琴滿臉敬佩。「婆婆……難道妳比他們還厲害？」

「呵呵。」婆婆露出一個高深莫測的笑容。「我猜，也許只是因為我年紀老吧，不聽老人言，吃虧在眼前，不是嗎？」

「婆婆，您一直稱自己為老人家，又稱莫言和橫財為小孩子，」琴忍不住發問。「您到底幾歲啊？」

「小女孩很有好奇心啊。」婆婆笑，「我記得我剛進到陰界的時候，陽世好像是……一個老被北方遊牧民族欺負的朝代……宋朝吧。」

「宋？」琴睜大眼睛，扳手指算了起來，「宋朝共三百二十年的歷史，也是西元九百多年到一千二百多年間……距離現在，天啊，婆婆妳……九百多歲了？」

「好像是。」婆婆微笑。「九百多歲了，對一個九百多歲的老人而言，每個人都是孩子，不是嗎？」

「哇。」琴歪著頭，「可是，您講的話，我都聽得懂欸，我以為……您會用古文……」

「古文？」婆婆搖頭，「基本上，陽世的歷史在進化，陰界的歲月也同樣在累積，你們語言會改變，我們也是啊，所以我當然也會隨之調整。」

「喔。」琴一想，也對，畢竟陽世與陰界的魂魄是流通的，陽世的語言改變，一定也會影響到陰界。

這樣的改變雖然緩慢，但時間一久，影響也是劇烈無比的。

琴想了想，又問：「每個人年紀都這麼大嗎？」

「嚴格說起來，陰界對時間的概念和陽世不同，陽世仰賴肉體而活，而肉體則必須經歷生老病死。」婆婆用她悅耳的語調說著，「而陰界則捨棄了肉體，只剩下純能量的魂魄，所以原本就沒有壽命限制，而所謂的死亡，就是指陰魂的能量消耗殆盡罷了。」

「嗯……能量。」

「沒錯，不過一般魂魄的能量不會維持那麼久啦，除非是得到特殊的能量挹注，像是寶物、土地，或者……魂魄本身具有奇格。」婆婆說。「每個靈魂都像一只容器，裝載著能量，而奇格的靈魂的容器比較大。」

「所以婆婆您也是奇格嗎？您也是最年長的一位嗎？」琴點頭，她稍微釋懷了，不然陰界中到處都是五、六百歲，甚至上千歲的古老魂魄，那豈不是到處要喊爺爺奶奶？

「不，陰界的魂魄要不消散，要不就是不斷的輪迴轉世，論年紀，我只是排第二，陰界裡面輩分比我高的，還有一個人。」

「誰？」

「太陽星，地藏。」

「地藏……菩薩？」

「噗，菩薩？」老婆婆表情怪異，「原來你們陽世的人都叫他菩薩，妳沒開玩笑吧？」

「是……是啊，很怪嗎？」

「也不是，某種方面來說，他的確夠稱菩薩。」老婆婆笑得怪異。「可是他平常的樣子，稱菩薩未免太離譜。」

「啊？」

「沒事。」婆婆微笑，「啊，聊夠了，我們該做點正事了。」

「正事？」

「就是幫妳找回記憶。」婆婆伸出了雙手。「當時，那兩個小男孩把妳託給我，而我答應要做的事。」

然後，琴忍不住揉了揉眼睛，因為她好像看到了婆婆的面前，出現了一架巨大的鋼琴。

這鋼琴比琴見過的都還要大上三倍以上，光滑的平面呈古銅色，在這寬闊的黑暗房間內，宛如一位優雅的騎士，陡然出現。

「啊，那鋼琴……」

「妳看得到這琴，果然不是普通魂魄喔。」婆婆一笑，「這琴，就是我的技，我叫做天同之琴。」

「天同之琴……」琴想到什麼，天同也是一顆星星？

「我要彈奏了，請小心。」說完，婆婆的指尖落下，一串清脆的琴鍵音，緩緩飄起。

「彈琴為什麼要小心？」琴正要追問，忽然她噤聲。

因為她看到了「音符」，真正的音符，小小的，透明的，從這座巨大的古銅色鋼琴中飄了出來。

宛如深夜精靈，發著微弱但溫和的白光，飛到了琴的頭頂，順著房間的外圍，盤旋上飛。

而且，音符每飛過一個地方，那地方就像是被蠟燭點亮，明亮了起來。

當音符繞完了整個房間，一個古老，如圖書館藏書庫的巨大空間，就這樣出現在琴的眼中。

「哇。」琴忍不住站了起來，雙手摀住嘴巴。「好美喔，原來這房間……這麼大啊！」

這房間，又高又大，四邊牆壁都是古老的木頭櫥櫃。

而櫥櫃之中，是數也數不清的銀色風鈴。

無數風鈴溫柔搖曳著，發出點點亮光，讓琴有種置身在奇幻童話國度的感覺。

「好多風鈴喔。」琴仰著頭，衷心讚嘆。「好漂亮好漂亮喔。」

「這裡叫做記憶之屋。」婆婆微笑。「而每個風鈴，都藏著一份魂魄最珍貴的記憶。」

「記憶？」琴回頭看著婆婆。

她不懂，風鈴怎麼會是記憶？

「每個風鈴，都有自己的旋律。」婆婆往前一比，「妳拿一個風鈴看看。」

「嗯。」琴走到一個木櫃旁，小心翼翼的取下一枚風鈴。

只見風鈴輕輕搖動，叮叮噹噹，在清脆的金屬撞擊聲中，奏出一段簡短的旋律。

而奇妙的是，琴發現她從來沒聽過這樣的旋律。

雖然簡單，但是又隱隱的震盪著她的心房。

就算無法明白，也能感受到，這旋律的背後，有一個故事。

一個很長，被某人很珍惜的故事。

「這旋律。」琴拿著風鈴，語氣陶醉。「好特別，好好聽喔。」

「這旋律，就是記憶的鑰匙。」老婆婆笑，「每個人都有專屬自己的旋律，當一聽到，就會開啟魂魄內心封閉的記憶。」

「旋律是鑰匙……」琴又拿下另一個風鈴，輕輕搖著。

這是一首簡單，卻又規律與充滿力量的旋律。

也許，這靈魂是一個相當自律的男性，單純而規律，卻自有一種魅力。

「靈魂無論是從陽世到陰間，或從陰間到陽世，為了避免兩個世界互相干擾，都必須經過我這裡，讓我親手替他鎖上記憶。」老婆婆淡淡的說。「所以人們常常會因為聽到某段歌曲的旋律，而感到莫名的懷念、悲傷與喜悅，就是因為，他們聽到類似『記憶風鈴』的旋律。」

「啊，記憶風鈴。」琴咀嚼這四個字。「好美的四個字。」

「不過，因為這份能力，讓所有人都怕我呢。」婆婆淡淡苦笑。「像是外頭那兩個小男孩，呵呵。」

「妳說……莫言與橫財嗎？」琴搖頭。

「是啊。」老婆婆語氣中，有著不易察覺的落寞。「別說他們倆，整個陰間都怕我，因為我啊，活了九百歲，道行太高，加上操縱記憶的能力太過特殊，幾乎沒有人敢親近我呢。」

說完，老婆婆忍不住嘆了一口氣。

「不會啊。」琴搖頭。「我覺得，鎖上記憶，其實是一件很溫柔的事。」

「喔？」

「活在世界上，記憶往往又重又悲傷，與朋友分離的記憶，與愛人離別的記憶，像一道道殘酷的枷鎖，妳能幫他們脫下枷鎖，其實再也沒有比妳更溫柔的職業囉。」

「最溫柔的職業？」老婆婆默默唸了兩次，忽然開懷的笑了。「呵呵，呵呵呵呵。」

「啊，婆婆，妳為什麼大笑啊？」

「那個戴墨鏡的光頭小孩說得沒錯。」

「咦？莫言嗎？他說了什麼？」

「妳和她很像。」

「她？」琴訝異。

老婆婆沒有回答琴的問題，只是搖頭微笑。

「準備好了嗎？我來幫妳找到武曲的記憶風鈴。」說完，她的手舉高，五指在空中慢慢張開。

「嗯。」琴用力吸一口氣，鼓足勇氣。

「來了。」婆婆的五根指頭，直直落下，落在鋼琴的琴鍵上，剎那，五道音符如同五色利箭，陡然射了出來。

只見五色音符朝著琴而來，琴發現自己的手動了一下，她身體某個力量似乎想要做些什麼，但終究慢了一步，五色音符，盡數射入了她的身軀之中。

她只覺得身體劇震，卻沒有半點疼痛。

「別動，讓音符帶著妳。」老婆婆語氣帶著令人屈服的威嚴。「音符會帶著妳，找到打開記憶的鑰匙，如果……妳真的是武曲那小女孩的話。」

「嗯。」琴閉上眼睛，忽然間覺得，她突然沒有了重量，輕柔的飄了起來。

原來她腳底下正踩著五色音符，正沿著房間的木櫃邊緣，慢慢盤旋而上。音符，正帶著她在這風鈴國度中，尋找當年武曲留下來的記憶。

「我記得，武曲星啊，她來找我的那一天，二十八……二十九年前了吧。」老婆婆仰著頭，淺淺微笑。「她那晚，在哭，哭得像個小女孩，一點都不像統領十字幫數萬靈魂的女豪傑。」

琴只覺得自己越飛越高，直往木櫃的頂層飛去，她發現越高層的風鈴，形狀越奇特。

有的是純銀製造，邊緣雕琢著精緻的花紋，宛如中世紀歐洲的銀器。

有的是瓷器，潔白如畫，表面綴著幾許深藍，就像宋朝的青花瓷。

有的是銅鑄，深沉古意，竟如同被埋藏在記憶中的周朝老鐘。

她越飛越高，而底下的老婆婆依然自言自語著。

「武曲哭得好傷心，然後和我說，她必須去陽世，她必須離開這裡。」老婆婆慢慢的說著。「等到她準備好了，她才會回來，二十九年了，不知道她準備好了沒有？」

琴的飛行，終於停住了。

停在這大木櫃的頂層，一個小小的風鈴，精緻的，安穩的，掛在支架上。

這風鈴的周圍，沒有其他的風鈴，它就一枚，帶著純粹的銀色，被放置在木櫃的最上層。

「就是它？」琴緩緩伸出手，她發現自己的指尖，正微微抖動著。「武曲的記憶，就鎖在這裡嗎？」

底下，老婆婆語氣憂傷，輕柔的自言自語。

「只是武曲那小女孩不知道……就在她離開之後，另一個人，竟然也來找我，和妳做了一樣的要求。」婆婆淡淡的說，「傻瓜，真是兩個傻瓜。」

同時間的房間頂層，琴的指尖，已經碰到了那小小的銀色風鈴。

就在這一剎那，她彷彿觸電。

風鈴微微顫動，似乎就要擺動。

「記憶，要打開了嗎？」琴與婆婆，同時注視著那風鈴，同時低聲說道。

搖晃，搖晃，風鈴輕輕搖晃……

但，卻在最後一刻，停住了。

「停住了？」琴皺眉，一股不祥預感，從心底升起。

「小心！」婆婆猛一抬頭，急喊。

一股巨大的威能，竟從停住的風鈴中，如猛虎，如雷霆，暴衝出來。

琴措手不及，被這股能量，正面撞擊。

同時間，老婆婆的五色音符從琴的體內湧出，想要護住琴，卻擋不住風鈴中的能量，短短一秒，化作五道煙火，消散空中。

而琴還在下墜，但來自風鈴的威能卻依然緊追不捨，從上而下直追而來，似乎要把這個闖入者，徹底消滅。

奇峰突起，讓底下的老婆婆嘴角洩漏一絲不知道是憤怒，還是開心的笑容。

「保護裝置！？武曲星琴這小妮子，在自己的記憶之鎖裡面，加了『技』啊，真是個愛惹麻煩的女孩。」

然後，老婆婆的雙手舉起，五指如箕，快速的在看不見的琴鍵上彈奏起來。

琴弦顫動，被喻為樂器之王的古琴正瘋狂演奏著，一串優美、神聖、卻也沉重無比的音符，夾著凜然之威，朝著琴的方向飛去。

這次音符共分六色，距離老婆婆十成功力『七色音符』，只有一線之隔。

六色音符在空中凝聚成一條威武長柱，蜿蜒而上，聲勢壯觀，直衝向從高空翻下的琴。

然後，與風鈴本身那股威能，在空中正面碰撞。

一個是曾經威震陰界的武曲星，一個是活了九百歲的記憶操作者，兩人的功力同樣頂尖，卻在跨越了二十九年的此刻，正式交鋒。

兩股力量相撞，將整個房間剎那照耀成一片白色，白光過後，兩股力量同時消散。

天同與武曲，鬥了一個不分上下。

而琴只覺得渾身無力，直直從天空墜下，墜下……速度之快，她已經無法想像自己落地之後的慘狀。

直到，她突然發覺自己的背部，被一雙柔軟的手給托住。

停住了，下墜之勢停住了。

琴抬頭，看到一抹溫柔慈祥的微笑，正是婆婆。

「沒跌痛吧。」老婆婆微笑，她的溫厚雙手，化解了琴墜地的衝力。

「沒有。」琴搖頭。

「武曲星，這小女孩真是大膽，竟然在自己的風鈴中加上『技』，這技會阻擋任何想要試圖打開風鈴的闖入者。」老婆婆搖頭。「拗，真夠拗的女孩。」

「我打不開風鈴，是不是表示……我並不是武曲星呢？」琴這一剎那，心情異常的複雜。

彷彿鬆了一口氣，又彷彿有點失落。

鬆一口氣，是因為她不用再被莫言和橫財逼迫；而失落，卻又開始擔心小才和阿傑，他們要繼續等待武曲，二十九年的歲月，可是一點都不短呢。

「不盡然。」老婆婆搖頭。「如果不是妳，五色音符不會把妳引到那風鈴之前，而風鈴也應該完全靜止，而不是微微顫動。」

「嗯。」琴回想起她手指要碰到風鈴的瞬間，風鈴的確有感應。

那是一種就要唱出旋律的悸動。

但是什麼原因，讓風鈴在最後一刻緊急停止，取而代之的，是強悍而可怕的「技」登場，驅逐了入侵者？

「我沒遇過這樣的情況，也許是因為，武曲星的記憶還不能認同妳。」

「不認同我？」

「我是說也許，武曲在她的技裡面，設下了什麼障礙，也許是某項寶物，某個密碼，除非妳的實力已經到達她的境界，記憶才會自動打開。」

「原來是這樣……」琴歪著頭，她突然覺得，武曲是一個好特別的女孩，明明有足以讓莫言折服的英雄氣概，又很任性的在記憶風鈴中，加上了「技」。

究竟，她要保護的東西是什麼？

她的記憶裡面，又藏了什麼樣的祕密呢？

「但是我相信。」老婆婆溫柔的摸著琴的長髮。「當年的武曲星，和妳肯定有非常密切的關連，只是不知道武曲這小女孩，到底要妳做到什麼地步？」

「嗯。」琴閉上眼睛，「婆婆，我想起來了。」

「想起什麼？」

「孟婆婆，我在被風鈴彈開的時候，好像曾見到什麼……」琴歪著頭，想了一下。「一盤炒飯。」

「一盤炒飯？」

「一盤看起來好好吃的炒飯。」琴不自覺吞了一下口水。「金黃色的，上面撒有清脆的高麗菜，而且冒著騰騰的熱氣。」

「金黃色？上面有清脆的高麗菜？」老婆婆沉吟半晌，「聽起來是一盤平凡的好吃炒飯，只是……武曲這小女孩，會放這麼簡單的訊息嗎？」

「嗯。」

「除非……她暗示的，是那盤炒飯。」

「啊？」

「聖．黃金炒飯。」

「聖黃金炒飯？」琴愕然。

「那是一盤傳說中的炒飯，裡頭所用的食材都相當特別罕見。」老婆婆回想著，「就在二十九年前，武曲進入陽世的前夕，她親手完成了這盤炒飯。」

「她為什麼突然煮出這炒飯呢？」

「真實原因，我不清楚，不過武曲在陰界赫赫有名的，除了她的武藝，還有就是她隨性的風格，所以特別做出這盤炒飯，沒人知道真正的原因。」老婆婆說。「說到這，我想到了另外一件事。」

「怎麼？」

「武曲這盤炒飯要完成之前，曾經找過一個人幫忙。」

「誰？」琴頭一抬。

「整個陰界中，美食界的第一高手。」老婆婆說，「天廚星，冷山饌。」

「冷山饌……」琴喃喃的默唸著。

「沒錯，曾任政府首席大廚，退隱之後，以尋找美食為生平志業。」老婆婆說，「只要有美食的地方，就會有他的足跡。」

「那我該去哪裡找他呢？」琴問。「陰界有大飯店嗎？」

「不。」老婆婆搖頭。「陰界奇怪美食最多的地方，不是在飯店，而是在……夜市。」

「夜市？」

「他肯定就在夜市中，」老婆婆看著琴，微笑。「陰界裡頭戰爭不斷，只有專門提供美食的地區，禁止爭鬥，其中一個最有名的就是『小寶夜市』。」

「嗯。」

「拿著。」婆婆輕輕的說。

忽然間，琴感到手心被婆婆放入了一個冰涼的物體。

她低頭，卻看到一只銀色的風鈴。

這風鈴，不就是鎖住武曲記憶的鑰匙嗎？

「帶著這風鈴去找冷山饌，他會有武曲留給妳的線索。」

「可是……」

「放心，這風鈴裡面有我用六色音符寫下的咒，它不會主動傷害妳了。」婆婆微笑。「除非妳試圖強行打開它。」

「嗯。」琴看著掌心的這枚風鈴，流線型的銀色光澤，她期待聽到它唱歌。唱出武曲的記憶。

「我想，我能幫妳的地方，就到這裡了。」老婆婆微笑，伸出食指，在琴鍵上敲了一個音符。

音符如精靈般飛起，每飛過房間每個角落，那裡的燈光就自動熄滅，剩下一片漆黑。

「婆婆……」琴看著房間越來越暗，而婆婆的身軀，則慢慢隱沒在黑暗中。「等一下，婆婆，那我該怎麼去小寶夜市？」

「離開我的記憶之屋，那兩個孩子會帶妳去。」婆婆說到這裡，嘴角在黑暗中隱隱上揚。

「但是……」琴躊躇著，莫言和橫財這麼可怕，她能讓他們聽話嗎？

「放心，如果他們還敢對妳亂來，摸著這風鈴，喊我的名字，我會知道，然後，他們就死定了。」

「婆婆您的名字是？」琴問。

「我的名字啊，」婆婆的最後一抹微笑，已經消失在黑暗中。「我的星格是特等，天同星孟婆。」

「啊，您是孟婆……」琴詫異，原來婆婆等級是這樣高，只是看著婆婆消失，她突然感到一陣不捨。「婆婆，我還能見到妳嗎？」

「會的。」婆婆的聲音，從一片黑暗中傳了出來。「如果妳真是那個人，我們一定會再見面的，不管……我們願不願意。」

外型：滿頭白髮，雙目緊閉的老婆婆。
危險等級：8
鬼齡：九百餘年。
寶物：天同之琴。
能力：古老鋼琴的「七色音符」，「記憶之鎖」。

她的技，是「天同之琴」，能藉由彈奏此琴，產生威力絕倫的七色音符。而「記憶之鎖」是七色音符的變化之術，主要能將靈魂的記憶鎖住，鑰匙是一段旋律，只有記憶主人親自碰觸風鈴，風鈴演奏起那段旋律，才能解開記憶之鎖。

據說，風鈴的外型，也會隨著靈魂記憶的樣子逐漸改變，擁有越多祕密的人，旋律越奇特動人，而風鈴形狀也越特別。

不過，鍛造記憶風鈴的工匠，並不是孟婆，而是另有其人。

孟婆屬於天同星，在紫微星系中，名列尊貴無比的十四大主星之一，輝度足以主宰天空，更具備陰界之主的候選資格。

天同星陽水，南斗第四星，乃天空福德之主。

3.2 小寶夜市

琴還在陽世的時候，第一次抽菸，是在高中。

而那次的抽菸，也是她生平唯一的一次。

帶她抽菸的，是一個叫做小風的女孩。

小風有著一頭披肩長髮，精緻的五官，白皙的皮膚，加上舉手投足的女人味，讓每個見過她的人，都深為她的風采著迷，總認為她是一個十足的名媛淑女。

但是，唯一看穿她的人，就是琴。

或者說，是小風認為，只有琴有資格看穿她。

琴永遠記得，那個兩人一起騎車看星星的晚上。

小風一撥長髮，從口袋掏出了一只菸盒，在手上敲了敲，敲出一根菸。

「要嗎？」小風把菸遞到琴的面前。

琴看著菸，遲疑。

「呵，我們家的琴啊，妳樣子看起來最離經叛道，連老師都敢頂撞，但是卻不敢抽一根小小的菸。」

小風笑著說完，自顧自的把菸點燃，在星夜的山上，美女捻菸，此情此景頗有一番風味。

看著小風的樣子，琴深吸了一口氣，攤開纖細手掌。

「給我。」

「確定？」小風眯起眼睛，鼻子裊裊白煙吞吐。

「確定。」

「別後悔啊。」小風淺淺一笑，然後把手上這根點燃的菸，放入琴的手中。

琴小心的用兩指夾起菸，慢慢的放進口中，然後猛力吸了一口。

「琴，小心，第一口別吸太大力。」

可是，小風的提醒已經遲了一步，琴這一口吸得是中氣十足，從未體驗過尼古丁的肺瞬間混亂起來，一股幾乎窒息的亂流，湧向琴的喉嚨。

「咳咳咳咳！」琴咳得彎下腰，她以為自己的肺就要燒起來。

「傻瓜，」小風拍著琴的背部，「就叫妳別吸得這麼用力嘛。」

「討厭，不早點說，差點嗆死我。」

「呵呵。」小風笑，手指夾著菸，好一個風姿綽約的姿態。「那妳還要嗎？」

「要？笑話，當然要。」琴眼睛就算因為被嗆得滿是眼淚，還是伸出手。「老娘我可是天不怕地不怕。」

「那我們就一起把這根菸給抽完吧。」

那個晚上，琴和小風兩人，就這樣躺在山上，看著滿天星星，妳一口我一口，抽完了那根菸。

而後，小風畢業，不改她頂尖的慣性，考上第一志願，當上社團領袖，系學會會長，畢業之後，進入大公司上班，然後以破紀錄的速度升上管理職。

無懈可擊的人生，完美無缺的容顏，從不缺乏追求者的她，卻始終保持單身。

而無論過了多久，無論多遠，她總是記得琴。

「欸，菸友，最近還好嗎？」小風的開頭永遠是這幾個字，雖然是短短的幾個字，卻總能讓琴瞬間微笑起來。

而琴到後來才知道，那個晚上吸最後一根菸的人，其實不只琴自己。

因為過了那晚，小風也戒菸了。

「人生『第一次』很多，『最後一次』卻很少，尤其是可以自己決定的『最後一次』。」小風是這樣說的，「所以，最後一次的吸菸，要和夠資格的人一起。」

而琴雖然口中從來沒有說過，可是她知道，自己和小風一樣，從來沒有忘記，那個晚上，那和對方一口接著一口的味道。

很嗆，卻嗆得很溫暖。

那是令人一輩子難忘的溫暖。

陰間。

琴推開記憶之屋的門，看見的「朋友」，不是別人，竟是曾經為了自己對戰的兩幫人馬。

雙胞胎「小才」與「小傑」，與神偷鬼盜中的「莫言」與「橫財」。

四個人，二對二，顯然正互相提防著。

而他們一見到琴，同時站起，正要前奔。

突然，一個低音琴鍵傳來，音符又沉又重，竟讓房子整個震動起來。

四大高手一聽，鏘鏘鏘的一陣亂響，同時亮出了兵刃。

小傑的黑刀，小才的玻璃雙斧，莫言的收納袋，甚至是橫財的破門。

他們如臨大敵，因為無論是直覺或是經驗，都告訴他們……

強者，已然降臨。

同時間，孟婆威嚴的聲音，從屋子的各個角落，傳了出來。

『你們四個，有誰敢欺負這小女孩。』孟婆的聲音，在整間屋子中迴盪，更引起天花板的灰塵落下，『我天同星孟婆，以政府六王魂的地位，絕不輕饒！知道嗎？』

聽到天同星與六王魂這幾個字，琴看見這四個天不怕地不怕的人物，竟都不自覺的縮了一下。

天同星講的是十四主星，那六王魂又到底代表著什麼意思？琴納悶。

「我們知道啦，我們怎麼敢欺負琴姊，她是我們老大欸。」小才自言自語。「而且六王魂是執掌政府最強的六個高手，我們也不敢惹啊。」

「天同星孟婆。」橫財仰著頭，喃喃唸著。「危險等級八，十四主星之一，尊貴六王魂，哼，就賣妳一次面子吧。」

「妳要去小寶夜市，找天廚星？」

聽完琴簡述完遇到天同孟婆所發生的事，小才率先開口問道。

「嗯。」琴點頭。

「夜市，雖然是非戰區，」小才露出擔心的表情，「但是，那裡堪稱最複雜、最險惡的區域之一，檯面上至少有二十幾個大大小小的黑幫盤據其中，在裡面不小心得罪了誰，可能一出夜市，頭顱就會被摸掉。」

「哼，沒想到，曾經是三大黑幫之一十字幫的地空星，會這麼沒膽嚕？」這時，橫財在一旁冷冷的說。「不過就是進入夜市找一個人嘛。」

「什麼沒膽！」小才表情微變，手往背部一掏，透明小板斧上手，就要開戰。「你是太久沒偷東西，手癢了是吧？我來幫你把手斬下來吧。」

「透明板斧？不過是沒腦筋的人才會用的武器。」橫財摩挲著巨大的肥手，眼中閃爍殺氣。「我來替你開一扇門，讓你從此變成胸口透明人嚕。」

就在雙方劍拔弩張的時刻，一聲大叫，打斷了雙方的氣勢。

「住手！」琴大叫，「你們給我住手！」

「欸？」

「你們幾個，不要沒幾句話就要打架行不行？」琴右手手指戳著小才的頭，左手則毫不客氣的拍了拍橫財的頭。「你們不是想要武曲恢復記憶嗎？」

小才低頭，橫財則咬著牙，同聲說：「是啊，那又怎樣？」

「既然這樣，那你們就要聽我的。」琴雙手叉腰，絲毫無懼眼前這些曾經名動陰界的高手。「不然我就不要找回記憶了。」

「不行啊。」小才急忙認錯，「武曲姊，我們的十字幫還要靠妳……」

「那你們得答應我，兩派人馬不論是明是暗，都不可以打架。」琴說。

「可是……」小才低聲說。

「沒有可是，我是不知道武曲的記憶，對你們來說，究竟有多麼珍貴？」琴比著自己，她彷彿受到了剛才天同星孟婆的激勵，找回了她在陽世時的爽朗個性。「可是，既然我們目標一樣，就應該同心協力，對不對？」

「是。」小才想了幾秒，點頭。「武曲姊，我答應妳，在找回記憶之前，只要他們不犯我，我就不會找他們打架。」

「嗯，那小傑你呢？」琴看向小才的雙胞胎兄弟，地劫星小傑。

「聽大姊的。」小傑向來寡言，語氣簡單且堅定。

「那你們兩個呢？神偷鬼盜。」琴把目標轉向兇狠的兩人。

「媽的，我鬼盜橫財，不加入黑幫，不投靠政府，我們任性而為，橫行霸道，從沒怕過什麼！今天怎麼可能聽妳的屁話，要妳乖乖聽話，我有超過十種酷刑……」不過，橫財只說到一半，就突然噤聲。

因為他看見了，琴拿出了手上的那只風鈴。

銀色流線的曲線，在此時的月光下，搖曳生姿。

「橫財，你說，你有十種酷刑？」琴拿著風鈴，微笑。「可以再說一次嗎？」

「孟婆的……記憶風鈴？」橫財咬牙，「孟婆給妳這東西嚕？」

「記憶風鈴嘿，乃是巨門為孟婆親手鑄造，具有特殊能力的寶物。」莫言在一旁，淡淡的說，「可以封印魂魄的記憶，而記憶風鈴藏有六色音符，更可以直接和孟婆的天同之琴相通，無論多遠，都可以通知到孟婆。」

「莫言，你幹嘛廢話這麼多，你講的，老子早就知道了吼！」橫財回頭瞪了莫言一眼。

「會講這麼多。」莫言笑，「是要提醒你，可別太衝動嘿，我們不只打不贏危險等級八的天同星，更別提她名列政府六王魂之一，政府力量全面通殺，我們會很慘啊。」

「哼。」橫財咬牙。

琴依舊拿著手上的風鈴，對著橫財。

此時的她，雖然看起來威風八面，事實上，她可以感覺到背部正慢慢的被冷汗浸溼。

當時，橫財把她腹部打開，莫言把她抓入袋子的畫面，仍是她記憶中最恐懼的畫面之一。

但她知道，如果她要藉助這群人的力量，通過層層關卡，解開武曲記憶的祕密，從一開始，她就不能稍微示弱。

尤其是橫財，只要能剋住這最兇狠的一隻，其餘的幾個，就比較好對付了。

「怎麼樣？」琴拿著風鈴，雙眼直視著橫財。「你的考慮是什麼？當然，你也可以離開，只是你永遠無法得知武曲記憶的祕密。」

「武曲記憶的祕密，那寶物，那最尊貴的寶物……」橫財面部扭曲，當慣流氓的他，竟會被一個小女孩威脅？

「怎麼決定？快回答！」琴高聲吼道。

「混帳！我答應就是嚕！」橫財大吼，轉身，一屁股坐在地上。「這段時間，聽妳的就是了！嚕嚕嚕！」

「呼……」琴重重的呼了一口氣，轉頭看向莫言。「你呢？」

「呵，有膽識，真期待妳找回記憶的時候嘿。」莫言雙手一攤，微笑。「我答應妳。」

琴瞇起眼睛，突然間她有種感覺，也許……神偷鬼盜中，真正難纏的並不是滿身橫肉，兇狠好殺的陀螺星橫財。

而是眼前這高深莫測的擎羊星，莫言。

不過，此刻的她，已經沒有退路了。

「好，那我們就踏上我們的旅程，第一站。」琴揚著頭，深吸了一口氣。「我們要去小寶夜市，找……天廚星，冷山饌。」

小寶夜市。

這裡，是陰界最大的集會場所，佔地三千頃，超過一萬個攤位，二十萬種商品在此流通。

所有的陰界物品，都可以在這裡買到。

包括日常用品、奇形怪狀的美食，甚至是罕見的寶物，或者是寶物的贗品。

這裡，同時有超過三十個黑幫介入，他們在這裡交易，在這裡買賣，在這裡強化自己的實力。

這裡曾經是陰界居民們的天堂，在三大黑幫與政府達成協議之下，此地乃「非戰區」。

不過，三大黑幫衰弱與瓦解後，這裡雖然依然屬於非戰之地，它的周邊卻瀰漫起一股血腥的肅殺之氣。

大規模戰爭，一對一單挑，到無所不在的暗殺，不斷在這夜市的外圍上演，讓這原本和平的小寶夜市，也陷入了陰影之中。

如今，琴和四個高手，正朝著這裡前進。

因為，天廚星冷山饌，肯定就躲在這裡。

走進夜市，湧入琴眼中的，竟是難以說明的懷念。

因為，這裡和陽世的夜市好像啊！

狹窄的街道，熙攘的人群，吵雜的小販，還有各種食物氣味混合而成，複雜的香味。

琴不禁想起，曾經，她和同學與同事最愛的一件事，就是約好逛夜市。

「武曲姊，」小才的聲音，在琴的耳邊響起。「我想妳應該不記得了，不過這裡就是小寶夜市，是陰界最大的夜市，更是政府與黑幫共同認定的停戰區。」

「嗯。」

「它總共有七十一個入口，而我們現在進入的，是第三十一號入口。」小才口才伶俐，滔滔不絕的介紹著。「這裡也是距離美食區最近的入口，等會，我們會先經過服飾區和古玩區。」

「服飾，還有古玩？」琴聽到這，好奇心不由得升高，陰界有注重服飾嗎？陰界的古玩又是什麼？

「陰界這裡啊，其實最珍貴的東西有兩樣，一是土地，二是寶物。」小才說，「因為這兩樣都能提供陰魂能量，讓陰魂力量更強，或者活得更久。」

「嗯。」琴點頭。

「以能量強度來說，土地屬於自然能量，當然優於寶物，可是土地有限，加上多被政府和諸多強者佔領，而寶物相對容易流傳，所以……才有所謂的小偷和強盜，專門強取豪奪寶物。」小才說到一半，眼神還不忘瞄了莫言和橫財一眼，不過兩人卻都假裝沒聽到。

「嗯嗯。」琴點頭，雖然她對陰界流傳已久的『能量說』還沒有深刻的體驗，但是，她可以理解，寶物和土地對陰魂們的重要。「那夜市中，能買到寶物嗎？」

「大概萬分之一吧。」小才說，「大多數，只是好看而已啊。」

「原來如此。」

他們說著說著，已經走進了夜市中所謂的服飾區。

映入琴眼簾的，是比陽世夜市中，更繽紛的色彩，更繁多的樣式。

她不禁讚嘆，她還活著的時候，總以為鬼魂的顏色都是灰灰暗暗，黯淡無光，怎麼想得到，他們竟然穿得比陽世的人類更多樣化。

「哇。」琴不禁停下腳步，摸了摸幾件衣服，她發現材質觸感都不遜於陽世的衣物。

「喜歡嗎？」這時，琴聽到後面莫言的聲音。「挑個幾件嘿。」

「喔？」琴回過頭，看見莫言說這話時，刻意將臉別開，聲音壓低，像是怕被別人發現似的。

琴，不禁笑了。

這小子酷歸酷，原來也會害羞啊。

「你要送我？」

「不然勒？」莫言聲音依舊壓低，「不然妳有錢嘿？」

「是嗎？」琴微微一笑，「那就謝謝你啦。」

琴還是挑了幾件衣服，她知道，未來在陰界的日子這麼長，總不能靠死前這套衣服打遍天下吧。

於是，當琴挑了幾件，正準備拿給莫言，卻發現莫言眉頭皺起。

「這幾件，材質不好。」莫言把琴挑選的幾件衣服扔到一旁，也不管小販的臉色難看，自顧自的走到隔壁的櫃子，指著那件被懸掛在天花板的白色長風衣。

「我要那件。」莫言手一指。

「客人，您確定？」小販的語氣中透著輕視。「那件可是本店鎮店之寶，『紅樓』出品的衣服。」

「你還懷疑嘿？」莫言態度倨傲。「給我。」

「您知道的，紅樓的衣服一件不便宜……」小販的話才說一半，就猛然打住，因為他看見莫言手指間，夾出了一張卡。

那是一張綠色的卡，卡片上墜著五顆明亮的鑽石。

小販一見到卡片，彷彿見到了什麼寶貝，態度立刻丕變，哈腰屈膝的把那件『紅樓』衣服拿了下來。

倒是一旁的琴，瞧得有趣，轉頭問小才。

「紅樓是什麼啊？他們出的衣服有這麼厲害嗎？」

「紅樓不簡單啊，他們衣服超貴，衣服質料好，能耐得住一般的咒語攻擊，還能保暖……就像是陽世的名牌。」小才看到莫言的樣子，忍不住咂舌。「莫言果然是做賊的，真是有錢，可惡，那是五星卡。」

「五星卡？」

「這該怎麼講呢？」小才搔著頭，似乎在找解釋的辦法。

「就像是，」這時小傑卻開口了。「陽間的信用卡。」

「啊？信用卡？」琴一愣，五星卡和信用卡有什麼關係？

「對對對，星卡就像是信用卡，小傑，你真不愧是我弟。」小才拍了拍小傑的肩膀。「這就像是陽世的信用卡，這是由政府所推出，一方面可以減少冥紙的使用量，一方面可以替陽間做點環保。」

「喔，那星星代表什麼？」

「星星越多，代表的是卡片裡面的金額越高，通常政府會按照申請者的財產、道行，以及所屬地位，分發不同的卡，而賺得越多，卡也會隨之升級，卡片不只提供金錢而已，還有很多需要金錢的機構，還會擁有特權。」小才說，「其中以七星為最高等，那已經是世界級富豪的等級，而莫言手上的五星卡，至少表示他身價超過十億，可惡，當賊的竟然當得這麼有錢！」

「那……」琴本想問小才和小傑，那你們是哪一張卡，可是一看到小才彆扭的模樣，她察覺，這問題似乎別問比較好。

「琴姊妳想問，我們拿什麼卡對吧？」小才嘆氣。「我們拿的，是一星卡，妳知道，因為當年十字幫搞出版，其實沒搞出什麼錢。」

琴一聽，不禁點頭，沒錯，果然陽世和陰界有幾分類似，那就是出版業都不太富有啊。

而就在這時，莫言已經將那件「鎮店之寶」，順手丟了過來。

「試試。」莫言淡淡的說，彷彿紅樓驚人的價格，對他來說毫無差別。

「喔。」琴一笑，把手伸進了這件外套的袖子裡。「好像有點大……咦？」

奇怪的事情發生了，原本過長的袖子，竟然在碰觸到琴肌膚的同時，竟快速的後縮，縮到琴的手腕處。

而原來跨到琴膝蓋的外套下緣，也逐漸上縮，縮到了大腿附近，變成了最完美的尺寸。

「紅樓的衣服，會自動調整尺寸。」小販瞇著眼睛笑，對他來說，眼前的莫言，是難得的大客戶。「這可是很難得的，畢竟他們的老闆，是操縱絲線的王啊。」

「嗯。」莫言看著琴，嚴格的眼神露出一絲欣慰。「就這件好了嘿。」

「好，謝啦。」琴不客氣的說。「對了，紅樓是什麼？為什麼衣服這麼貴啊？」

「紅樓，也是一派黑幫嘿。」莫言快速的和小販結帳，而琴瞄到那數字，好像至少六個零。

一件價值百萬的衣服啊。

如果陰界和陽世的幣值一樣，那就等於一台汽車的價錢了。

「黑幫？」琴一呆，「為什麼衣服品牌會是黑幫？」

「在陰界，每個行業要生存，都必須有足夠的武力，所以背後都是黑幫在控制。」莫言一邊收起三星卡片，一邊說著。「服裝業有紅樓，打魚的有海幫，公路運輸有公路幫，賣冰的有雪幫，而三大黑幫中，更是各有各的專業。」

「哇。」琴嘴巴微張，原來在陰界，黑幫這麼多的原因是這樣啊！

「而紅樓，更是近幾年才崛起的黑幫之一，它短短十年間，奪取了成衣的上中下游市場，創造了一個服裝界的帝王品牌，有人說，它會是取代十字幫，下一個三大黑幫之一。」莫言對衣服的品味超卓，他似乎頗欣賞琴穿這件白色外套的模樣。

「哼，紅樓其實是有問題的。」一旁的小才，忍不住出言抗議。「它和十字幫不同，我們十字幫是搞出版起家，雖然沒啥錢，可是做事正派，和紅樓不同，他們這幾年擴張太快，背後傳言很多。」

「背後傳言？」琴問。

「他們幹了陰陽兩界不容的事，他們練陰兵！」

可是，小才的話才出口，小傑的凌厲眼神，就讓小才住了口。

「小才，有些話，沒有證據別亂說。」小傑皺眉。

「可是……」

「別忘了，夜市內部各大黑幫盤據，我們現在主要是保護武曲姊找回記憶，現在多惹敵人，只是徒增麻煩。」小傑向來寡言，他如此慎重說話，可見事態的嚴重。

「嗯，好啦，我知道了。」小才低頭。

「沒關係啦。」琴拍了拍小才肩膀，「是我一直追問，小才才會說的，別怪他，對了，那接下來我們會到哪裡呢？」

「古玩區嚕。」始終沒說話的橫財，他沙啞的嗓音，卻在這時候傳了過來。

「喔？」

「古玩區，可是有很多好朋友嚕，咯咯。」橫財冷冷微笑，雙手插在褲子口袋，霸氣十足走在最前面。

「橫財……他幹嘛這麼激動？」琴忍不住拉住莫言，小聲的問。

「因為橫財是鬼盜。」莫言仰著頭，墨鏡下的眼睛，閃過奇異光芒。「而古玩區裡面，有一半的攤販，跟他買過東西，而另外一半……」

「另外一半怎麼樣？」

「另外一半，」莫言一笑，「則都被他搶劫過嘿。」

地劫星小傑

外型：平頭，帥氣，肌肉精實的雙胞胎

危險等級：5+

鬼齡：七十年。

能力：黑刀。

一把從刀柄到刀鋒都是純黑的刀，就是地劫星小劫的技，沒有特殊的能力，卻因為刀法與刀鋒強悍，在危險等級五的世界中，被喻為5+的能力。

小傑與雙胞胎兄弟小才是效忠三大黑幫之一「十字幫」的大將，武曲離開陰界後，十字幫幾乎消失，他與小才苦等了二十九年，才終於盼到琴的到來。

地劫星乃劫殺之神，與地空為雙胞之星。

3.3 小寶夜市之古玩區

「莫言，你是說，橫財搶過古玩區一半的攤販？」琴看著前方，那個大搖大擺的流氓。

「是的。」

「那幹嘛不報政府抓他？陰界政府不是很強勢嗎？」琴問。

「因為橫財夠強，危險等級六，政府要逮我們，恐怕會傷亡慘重，所以不會輕易出手。」

「嗯，你們很厲害嗎？」琴看著莫言。

「妳要我稱讚自己嗎？」莫言露出怪異的笑容。「整個陰界中，所有的星等分為四級，特、甲、乙、丙級，我們四個，包括小傑和小才，可都是僅次於十四大主星的甲級星嘿。」

「哇，那好像有點斤兩。」

「不過，當年的武曲姊更厲害。」小才這時候插入話題。「她可是十四大主星之一，更是跨越到等級九的頂級高手。」

「對啦，」琴跟著橫財，朝著古玩區靠近。「你們都說危險等級九、等級八，到底最強是等級多少呢？」

最強，究竟到哪裡？

聽到這個問題，竟然眼前這三個甲級高手，同時默然，他們互望了一眼。

最後，是小才開口。

「最強，當然是等級十。」

「哇，真的有等級十？」琴驚嘆。

「而且，整個陰界，包括十四大主星，也只有一個人被尊為等級十。」小才的語氣中，有著無比的敬意。

「是誰這麼厲害？難道是你們常提到的……政府領導者，紫微閻帝？」琴問。

「不是不是，閻帝只是天生尊貴，他並不算強，勉強給他一個等級八，已經算是名過其實了。」小才搖頭。

「那究竟是誰呢？」琴問。

小才嚥了一下口水，才鼓足了勇氣，把這個答案說了出來。

「太陽星，地藏。」

「地藏？」琴一愣，她記得，孟婆曾笑說，地藏不能稱作菩薩，難道他就是太陽星？

「沒錯。」小才說到一半，「他是陰界目前最強的人，而唯一能威脅他的……」

「還有人能威脅他？」琴越聽越是興趣盎然，整個陰界，就像是一部她以前讀過的武俠小說，強中自有強中手啊。

「那個唯一能夠威脅太陽的男人，也是一個超級怪物，他專使戰矛，縱橫沙場，武曲姊姊和他還有……」小才的話才剛說到一半，忽然小傑咳了兩下。

這兩下咳嗽一出來，小才嘴巴一閉，笑了。「我的話，好像太多了。」

「你說，武曲和那個人，有什麼關係？」琴往前一步，追問。

「武曲姊姊……不，琴姊，這件事，我們其實也不清楚。」小才雙手合十，表情哀求。

「請不要問我，我不該說，我真的不該說。」

「嗯。」琴看到小才討饒的表情，正思考要不要繼續追問，忽然，前方傳來一陣混亂的吵雜聲。

吵雜聲的核心，不是別人，就是剛才邁開大步往前走的橫財。

只見那些小販手持著各式各樣的古玩，在橫財面前揮舞，從唐代的古壺，到漢代的戎甲，甚至秦代的彩陶都有，小販不斷揮舞，口中也喊著，「橫財橫財，看看我的貨，看看我的貨。」

琴看到此情此景，不禁愕然，這些小販不是應該很恨橫財搶劫他們嗎？為什麼此刻還這麼熱絡呢？

「滾！」橫財不耐煩的斥罵著，同時左手一擺，強而有力的勁道橫掃，這些小販紛紛後跌。「你們這些見不得人的爛假貨，別拿到我面前，傷我眼睛。」

說完，橫財繼續大步往前，留下失望的小販們。

「為什麼橫財明明是鬼盜……這些人還拚命把古玩給他看？」小才禁不住好奇，小聲的問。「他們不怕橫財搶走嗎？」

「為什麼啊？」莫言手插口袋，微笑的看著琴，「妳覺得呢？」

「我猜。」琴伸出手指，比著自己的眼睛。「難道……橫財的眼光很好？」

「喔？」莫言這聲讚嘆似的低語，已經完全肯定了琴的答案。「聰明啊，沒錯，橫財雖然從不付錢，但是他的眼光獨到，尤其是對古玩的鑑定，更讓我望塵莫及，當然我對現代藝術品的鑑賞力，也遠超過他。」

「嗯。」

「也因為橫財眼光太好，所以只要他搶過的攤子，生意就會興隆起來。」莫言一笑，「很怪吧，但是只要他搶過，就表示這家攤子賣的不只是真貨，還是好貨。」

「這麼厲害？」琴咂舌。

「沒錯，就是這麼厲害。」莫言的眼神看向遠方，橫財雙手插在口袋，古玩區已經逛到了尾聲，不禁暗暗搖頭。「看樣子，今晚的古玩區，會讓橫財兩手空空囉。」

可是，就在這時候，橫財肥大的身軀，卻停了下來。

他停在古玩區的最末端，一個毫不起眼的小攤子前方。

這攤子沒有其他攤子這麼華麗的氣勢，像是六十只一公尺高的瓷器一字排開，或是飄著裊裊的神祕檀香。

這攤子很簡單，就只是幾塊木板釘起的櫃子。

櫃子後，坐著一個滿臉髒污的孩子，而孩子面前，則是幾塊黑黑髒髒的木頭。

「這東西，」橫財伸手抓起一塊髒木頭，粗豪的聲音問道。「怎麼賣？」

「一個五十，三個一百，是我爹爹帶我去山裡採的，是很……值錢的古物。」小孩聲音囁嚅，顯然自己對值錢兩個字，都缺乏信心。

「值錢古物嚕？」橫財鼻子哼出一口氣。「你倒說說看，是什麼年代的？」

「我……我爹爹現在生病，但是我想……這是明朝的……的……的……」

「明朝的屁！」橫財睜著一雙兇狠的眼睛，看著那個渾身發抖的孩子。「你這東西又黑又髒，明明是塊爛木頭，哪裡像是明朝的東西了。」

「可是……」小孩幾乎要哭了。「可是我爹爹生病，他是陰……不，是古玩獵人，專門去山中找古玩，現在生了好重的病，只能靠這些東西替他掙點醫藥費，現在能醫病的藥不便宜……」

「藥不便宜？那你就可以拿這些東西出來騙人嚕？」橫財嗓子粗，聽起來彷彿在罵人。「什麼屁明朝的古物？」

而一旁的琴，看到橫財挑剔著這可憐孩子，忍不住右拳緊握。

「這橫財，這麼沒心肝，好壞啊。」

「壞這個字，是我們神偷鬼盜的招牌。」莫言在一旁笑著，「可是，沒心肝卻不一定了嘿。」

「啊？」琴不解的看著莫言。「什麼意思？」

莫言沒有回答，只是微笑。

前方，橫財把小孩罵了一頓之後，順手拿起一塊最大的黑木頭。

「好，既然這樣。」橫財冷笑，大聲的說，「這塊，我搶嚕。」

同一時間，琴忽然感覺到，所有的小販都抬起頭，視線全都投到那小孩身上。

橫財動手搶了？

那個對古玩專精無比的鬼盜，從不偷贗品，從不搶錯古玩的男人，搶了這木頭？

現場一片針掉落都可聽聞的死寂，只聽到那孩子大哭，「別搶，我爹爹就靠這東西了，這東西本來要賣上千的，要不是賣不出去，我也不會降價成這樣，大爺求您別搶，別搶啊，五十元而已，您這麼有錢……」

「有不有錢是一回事，只要是好東西，我絕對不花錢買，是我的原則。」橫財把那塊木頭揣到懷中，轉身就走。

「別……」小孩才要起身追去，一大群人已經圍了上來。

每個人，都伸手摸著桌上的髒木頭，發出又是疑惑，又是興奮的嘖嘖聲。

「橫財這流氓，壞歸壞，可是對古物，從來沒看走眼過。」那個擺出上百個花瓶的小販，來回擺弄著木頭，「可是他到底看中了什麼？」

「哪個朝代，曾經出現過這幾塊爛木頭？」另一個小販，他原本賣的是玉器，各種奇形怪狀的玉都賣，也都是仿冒貨。

連傳說中上億的寶物「翠玉白菜」，都可以在他的攤販中找到。

「難道是鄭和下西洋時候，破碎的船屍？」另一個小販也提出想法，他賣的是這種機器工藝型的古玩。

鄭和的船屍無論在陽世或是陰界都相當值錢，值錢的原因，是因為它可以證明中國當時擁有震驚世界的造船能力，當然，因為沒有船屍，所以陽世的外國學者打死不承認。

就在小販紛紛猜測的時候，幾個心急的小販已經忍不住，他們從口袋掏出一疊鈔票，啪的一聲摔在桌上。

「一塊兩千，我全買了。」

「別賣他，我一塊出三千。」另一個小販也捧上一大把現金。

對他們來說，這東西真正目的是什麼不重要，重要的是，這是「橫財動手搶了」的古物，肯定價值不菲。

「開玩笑，我一塊出五千。」另一個小販不再拿現金，改亮出戒指，他的是二星卡，比起莫言的五星卡，整整差了兩個等級。

但，要買這些木頭，卻已經綽綽有餘。

而就在橫財拿著木頭，走到琴他們面前為止，小男孩桌上的破木頭，已經盡數銷售一空。

取而代之的，是桌上那比小孩的上半身還高的鈔票山。

從一塊五十元的爛木頭，一口氣換成總價值超過三十萬的大錢，小孩的眼眶紅了，因為他知道，爹爹的治病錢，有著落了。

「謝謝。」小孩跑到路上，對著橫財的背影，跪下鞠躬。「大爺，謝謝。」

「混蛋嚕，誰叫你和強盜謝謝的？」橫財罵了一聲，「拿了錢，趕快叫你爸爸把身體養好，多挖點我可以搶的東西吧。」

而這一切，都被琴看在眼裡，她忍不住笑了。

這是第一次，她覺得那個試圖把她胃掏出來的流氓男人「橫財」還挺可愛的。

「喂，橫財。」琴走到橫財的身邊，微笑。「沒想到，你還挺有心肝的啊。」

「什麼心肝？我可是鬼盜，我怎麼可能偷一個沒用的東西。」橫財把爛木頭丟給了琴。「就當禮物送妳吧。」

「送我？」琴看著自己手上，那塊黑黑髒髒的木頭。「這木頭到底是什麼？」

「明朝古物？放屁嚕。」橫財哼的一聲。「這小孩不懂，但他爸爸可是行家，但是，只是……他才不是什麼狗屁古玩行家，他是陰獸行家。」

「陰獸行家？」

「這塊爛木材……」橫財單手握住了琴手上的木頭，朗聲唸道：「破門而入吧，強盜！」

聲音才結束，木頭的表面立刻出現一道手掌大小的門扉，嘎的一聲，門開了。

裡面，竟是一塊肉。

肉表面泛著銀亮油光，共分三層，乍看之下，竟是一塊令人食指大動的肥肉。

「這是什麼？為什麼肉會藏在木頭裡？」琴訝異，而她身後的小傑和小才同時大喊。
「這是肉石！？」
「肉石？」琴訝異。「所以這其實不是真的肉，而是一塊石頭？」
「正確嚕。」橫財冷笑。「這就是陽世人們喻為最怪古石頭，肉石，外型似肉，甚至有的肉石會散發濃厚肉類香氣，讓人以為它真是食物。」
「哇。」琴的手指正要伸入木頭的門中，摸摸那個有趣的石頭，旁邊的小傑卻突然一聲大喝。
「別碰它！」
「啊。」小傑臉色一變，伸手要阻止琴的指頭，卻已經來不及了，琴的指尖，已經碰到了肉石。
「縮回去！」小傑吼著，而同時間手上的黑色靈氣放出，凝聚成一把黑到骨子裡的刀。
黑刀，現身。
琴的手指剛剛縮回，卻發現，木頭中，某個深紅色的東西，竟隨著指尖，追了出來。
而且，那東西還很大。
和木頭不成比例的野獸頭顱，張開一整排利牙的血盆大口，直咬向琴。
這一剎那，琴眼前的畫面，只有上下兩排佈滿利齒的血紅大嘴。
那小小的木頭中，怎麼可能塞得了這麼大的怪獸？

這大嘴若是真給它闔上，別說琴一個嬌弱的女生，一台摩托車都會被牠嚼碎吞下。

可是，琴愣住歸愣住，但她不怕，因為她已經看到了夥伴。

黑刀。

黑刀化成一道影子，在琴的面前一橫而過，驚險萬分的嵌入怪獸的大嘴之中。

然後卡的一聲悶響，怪獸的牙，直接咬上黑刀。

「你的刀……」琴擔心的問，「還好嗎？」

「放心。」小傑表情自若。「除非，十四主星的兵器親臨，才打得斷它。」

「喔。」

只聽到怪獸發出悲鳴，牠嘴巴再度張開，然後白色牙齒碎片從牠的嘴邊不斷掉落。

「嗚。」怪獸知道自己絕對不是黑刀的對手，整個身體一縮，試圖逃回木頭中。

「想逃？」一旁的小才微笑，手上的透明斧頭亮出，右手高舉，剁向怪獸的頭顱。

不過，就在怪獸要被斧頭做成生魚薄片的時刻，奇峰又起。

一隻大手，探入了層層的光圈中，在千鈞一髮之際，握住了小才的斧柄，頓時制住了迴轉的斧頭。

小才只覺得斧頭被這隻大手一握，竟如同鐵鑄一般，無法撼動分毫。

一抬頭，卻見到這大手的主人，露出流氓似的冷笑。

橫財，又是橫財。

「這陰獸若給你當生魚片切了，就不值錢了。」橫財冷笑。「這陰獸叫做肉石獸，這塊肉石就是牠的窩，平常靠著這肉石的外型和香氣，吸引無辜的旅人和野獸，再予以撲殺，就是肉石獸捕食的方式。」

「所以呢？」小才咬著牙，他用盡全力，卻也動不了橫財的這隻手，這人果然是危險等級六的高手。

「而牠最有價值的，就在牠與肉石連接的肉，那塊肉可是個寶，不僅味美，更是市場上喊價破百萬的寶物，對陰魂的能量大有幫助。」橫財一手握住小才的斧頭，另一手，則抓著剛才差點吞掉琴的肉石。「你怎麼捨得把牠削來吃呢？」

「你……」小才眼睛看向小傑，而小傑手握黑刀，猶豫著。

現在翻臉，好嗎？

橫財雖強，但是只要兩人聯手，卻也無所畏懼。

怕的是，和橫財合稱「神偷鬼盜」的孷羊莫言。

一個破門，一個收納袋，他們合作起來，他和小才絕無勝算。

此刻，既然武曲姊生命無虞，是該見好就收。

小傑雖然寡言，心思卻極為縝密，想到這裡，他右手一翻，黑刀已然消失。

「不打。」小傑黑刀一收，並對小才搖了搖頭。

「哼，不打嗎？但是，他剛剛故意把木頭給琴姊……」

小傑還是搖頭。

「哼。」小才牙一咬，他靈力回收，玻璃斧頓時透明起來，然後消失。

小才知道，這時候該聽小傑的，因為真正遇到事情，小傑總是顧慮得較為周全。

「很好嚕。」橫財冷笑，收起肉石。「很高興我們達成共識了。」

「你……」小才正要開口。

忽然，橫財的眼前一晃，一個巴掌橫空而來，甩上了他的臉頰。

這一巴掌來得好快，快到以橫財的道行，竟然完全避不開。

「妳這臭……臭女人！」

橫財摸著臉，眼睛怒睜如銅鈴，看著琴。

「這小小一巴掌，是告訴你，不要那麼壞心眼，想讓那隻怪獸吃我。」琴雙手插在腰際。「不過，看在你幫了那個小男孩，我沒用力打，要謝謝我。」

「可惡嚕。」橫財咬著牙，他摸著自己的臉，他沒反擊的原因，根本不是感謝琴手下留情。

而是，他不懂自己為什麼沒能躲開？

更何況，今天是因為琴沒有半點道行，如果真是武曲甩了這一巴掌，自己的半邊頭顱還在嗎？

橫財猛嚥了一下口水，剛才，其實是死了一次啊。

「橫財兄弟嘿，呵。」莫言的肩膀搭上了橫財，笑著說。「怎麼樣？這女孩很有趣吧。」

「有趣？」橫財瞪了莫言一眼。

「我猜，你和她繼續相處下去，會和我一樣，捨不得殺她。」莫言笑。

「放屁，我橫財殺人不眨眼，怎麼可能捨不得？」

「呵呵。」莫言說到這裡，一手仍搭著橫財的肩膀，一手比著前方，「看樣子，那肉石的香味發揮作用了。」

「喔？」橫財朝前看去。

前方，是一堆學著橫財，試圖把木頭挖開的小販們，不少木頭裡頭的肉石露出，一接觸到空氣，立刻散發出濃郁的滷肉香氣。

還是用上頂級純釀醬油，加上頂級五花肉，所滷出來的香氣。

「肉石……這麼珍貴的食材出現。」莫言眼睛瞇起，看向前方。「我就不相信，這和冷山饌這老頭無關。」

「是啊。」橫財冷笑。「看樣子，已經有狀況嚕。」

古玩夜市中，突然出現了一個頭戴斗笠，身穿白色薄汗衫，扛著大鐵鍋的男人。

這鐵鍋大如小船，相當引人注目，更別說鐵鍋裡面各式各樣稀奇古怪食材，所燉煮出來的湯了。

聞到如此濃郁的香氣，再見到這怪模怪樣的人，所有的小販，都禁不住停下手邊刨木頭的動作，凝神觀看。

只是，才看了幾秒，忽然就有人發出大叫。

「我的木頭？我的木頭呢？」

「咦，我的呢？我的木頭也不見了。」

「剛剛還擺在桌上的啊！」

短短的幾秒鐘，每個人手中的木頭，竟然全部不翼而飛。

「混蛋，一定是那個男人！」

「扛著湯鍋走到古玩區，肯定有鬼！」

小販們譁然，急忙蜂擁上前，拉住那扛著大鐵鍋的男人，要他把木頭給吐出來。

只見那男人放下鐵鍋，用力拍了拍自己單薄的白汗衫。用他粗大的嗓門吼著，「俺哪裡偷木頭了？我這身子，哪裡有地方可以藏那一大堆木頭呢？」

這一刻，所有的小販啞然。

他們不約而同的看向橫財與莫言，能神不知鬼不覺的偷走這麼一大堆寶物，除了神偷鬼盜，還有誰有這份能耐？

「欸。」琴拉了拉莫言的衣角。「莫言啊，我們好像被懷疑了？」

「呵，天廚星這老頭很聰明嘛。」莫言看起來老神在在，似乎完全不擔心那些小販怨恨的眼神。「用這樣的手法，偷走了這些木頭。」

「所以真的是天廚偷的？」琴問，「只是他是怎麼偷的？可是我看那個扛鐵鍋的男人，根本沒有地方藏木頭啊。」

「是啊，看他穿的衣服這麼單薄，的確沒有地方藏木頭。」

「難道他也有像是收納袋一樣的能力？」

「沒有。」莫言露出得意的笑容。「陰界裡頭，這種具備改造空間的能力，可不是一般乙等或丙等星能做到的。」

「那……他是怎麼偷的？」琴歪著頭，再度出現她招牌的姿勢。

「妳覺得呢？」莫言看著琴，充滿挑釁的微笑間，又下了一張戰帖。

「嗯。」琴皺眉思考著。

「怎麼樣，猜不出來嗎？」莫言扶了扶墨鏡，嘲笑的說。

「哼，還早，那個扛鐵鍋的男人，身上既沒有可以藏木頭的口袋，又沒有收納袋的能力，加上眾目睽睽之下，按照邏輯推論……」琴注視著那男人，小販找不到他犯罪的證據，只能無奈的放他離開。「他根本沒偷！」

「如果沒有偷，那木頭怎麼會不見？」莫言笑。

「因為，還有另外一個小偷。」琴眼睛一亮。

「喔？」

「這裡唯一一個沒有去搶木頭，混在小販裡面的人，更是一個所有人都不會想到的人。」

「喔。」莫言眼睛瞇起，透露著激賞的光芒。「那妳覺得是誰？」

琴伸出手，比向古玩區的最末端。

「答案，就是那個裝可憐的孩子。」

這一秒鐘，所有的人，包括耳力較好的小販們，都像是驚醒般，轉頭看向古玩區的盡頭。

那小孩，始終沉默不語的小孩，手上正拎著一個大包袱，正要退走。

「是他！」小販們怒吼。「逮住他！」

「嘻嘻，聰明的姊姊啊。」那男孩微微一笑，拿起包袱，一步一步往後退。「東西，的確是我拿的。」

「可惡！」小販們咆哮，抓起手上的傢伙，就要追打那個男孩。

「嘻嘻。」男孩一笑，轉身就跑。

只見那男孩動作好快，將包袱扛在肩上，在擁擠的夜市中逃了起來，他的跑法俐落，在人潮間宛如行雲流水，小販之中，雖然不乏有道行的練家子，一時間卻也追他不上。

而看到那男孩背影就要消失在人群，琴忍不住轉頭，看向莫言和橫財。

「你們不去追嗎？」

「為什麼要追嘿？」

「這男孩……不是與冷山饌有關嗎？你們不去追，怎麼找得到他？」琴著急著問。

「哈。因為我們不需要擔心，因為整個偷竊計畫中，還有一個同夥。」莫言笑，「他，還留在這裡。」

「同夥？」

下一秒，琴忽然聽到了一陣重物飛來，摩擦空氣所發出的低嘯聲。

她猛一抬頭，忍不住傻了。

那是鐵鍋，裝滿熱湯的鐵鍋，竟朝著他們的頭顱，直摔下來。

「太歲頭上動土嘿，寶貝。」莫言冷笑一聲，手抬高。「給我進來，收納袋！」

只見天空中的鐵鍋瞬間消失，只剩下一只收納袋緩緩飄落。

而袋子中，依然在滾動的，正式那滿是熱湯的鐵鍋。

「糟糕！」見到莫言如此厲害，那個丟出鐵鍋的壯漢表情扭曲，轉身就跑。

「嚕。」橫財笑，「要我出手嗎？」

「不用。」莫言雙手插在口袋中，輕巧的一躍而出。

壯漢不斷往前跑，但他才跑幾步，就發現自己的雙腳已經踩空，接著，他被一隻大手提了起來。

他，竟然被人縮小進一只塑膠袋中。

「報上名來。」莫言看著塑膠袋中的壯漢。「不然，你會知道，整個被揉爛的感覺嘿。」

「揉……揉爛？」

「懷疑嗎？」莫言微笑，雙手一搓收納袋，裡面的壯漢立刻發出慘叫。

「別揉，別揉，我叫做大耗。」

「大耗星？所以你是一百零八星中的丙等星？那你和乙等星天廚是什麼關係？」

「我……」大耗遲疑了一下。

「很好嘿，我最愛不說實話的人了，因為這種人會讓訊問比較有趣一點。」莫言雙手再度揉起收納袋，而裡面的大耗立刻開始哀號，並在袋中的縫隙不斷逃竄。

「我招了我招了。」大耗大叫著，「我叫做大耗，天廚是我的師父，而剛才那個男孩叫做小耗，那是天廚的兒子，也是我的師兄！」

「喔。」莫言笑，「最後一個問題。」

「什麼問題？」

「你能帶我們去找天廚嗎？」莫言說，「當然，你可以說不，不過，說『不』的下場……你得考慮一下。」

「可以……」大耗垂著頭，「不過你們可能會失望。」

「失望？」

「因為，」大耗嘆氣。「師父生病了。」

「生病？」這時，琴想起了那個騙人的孩子，不是也提過自己的父親生病嗎？也許他的謊言，也有幾分真實……

「沒錯。」大耗低聲說，「要不是只有我們兩個，也不會被你們識破。」

「憑你們兩個的道行，在我們神偷鬼盜面前班門弄斧？」莫言冷笑，「快說，你師父在哪？」

「夜市的另一頭……」大耗手指前方。「美食夜市。」

琴抬頭，注視著那塊大耗所指，熱鬧非凡的區域。

那裡，就是冷山饌隱藏的地方嗎？

那裡，就是當年那個武曲，所埋下重要線索的位置嗎？

她在陰界的命運，又會如何呢？

天福星，福哥

危險等級：4

外型：三百公斤的壯漢。

鬼齡：一百零五年。

能力：「充氣吧，氣球。」據說福哥小時候是一個熱愛玩氣球，卻被父母禁止的小孩，進入陰界之後，因此練就一身怪異的技。

透過觸摸，他可以將所有物體灌入氣體，當氣體飽脹到極限，就會爆破。而充氣的對象，甚至包括他自己，而威力至少是其他物體的五倍。不過每次充氣都會消耗不少靈力，故有次數限制，不能無限使用。天福星，是在天空中屬於輝度較弱的乙級星。

第四章・破軍四

4.1 ─福部門

柏生前最後一次看到小靜，是在電視中。

那是一個歌唱比賽節目，由電視台主辦，召集全省愛唱歌的人一較高下，只要能獲得冠軍，便能擁有出一張專輯的機會。

而在這個年輕人勇敢追夢的時代裡，這節目吸引了超過五千人報名，年齡層從八歲到三十餘歲都有，而最後能留在電視螢光幕前的，卻只有最後一百人。

百大強者。

這一百人當中，有的有深厚的音樂素養，有的有天生的天籟嗓音，有的更擁有超卓的舞技，因為他們，讓這節目的收視率節節高升。

而收視率越高，表示最後勝出的冠軍，其人氣越高，實現夢想的機會也更大。

小靜瞞著她嚴格的父母，偷偷地加入了這節目，更一路過關斬將，進入了百名之內。

她進入百人強者的那一剎那，她傳了兩個簡訊，其中一個報喜的簡訊，送給了柏。

「嘿，我的祕密好友，我過關了。」

簡單的一行字，讓柏當場握緊了拳頭，大笑起來，就算他背後是棍棒齊飛的械鬥場景。

在一旁和對手互揍的小狂忍不住問柏。

「你是起痟了喔，怎麼打一打，就開始笑起來？」

柏沒有說，他只是順手解決了小狂的敵人，然後拉著小狂到巷子的暗處，在兵荒馬亂中，逼小狂教會了自己傳簡訊。

「我一定會看電視，加油。」這九個字，花了柏整整十五分鐘才打完。

而這十五分鐘，還順便撂倒了兩個對手。

接著，小靜又回訊。

「嗯，如果再通過三十強的選拔，我會再傳簡訊給你。」

只是當時興奮無比的柏，並不知道幾天後，當小靜不但通過了百人初選，更進一步成為三十強時，正是他為了救小狂，而被拖入陰界的時刻。

那通死前的最後簡訊，正是小靜在比賽後台的角落裡，一字一字慢慢打下的。

「神祕老友，我又過了喔，三十強了！」

柏沒辦法打開簡訊，但他知道，小靜過關了。

笑著，至少他是笑著進入陰界。

陰界。

當福八與柏回到這棟商業大樓的時候，他們的身後，多了三、四十個人。

福字輩，從福一到福九十，到了將近半數。

這些紅樓旗下，遍佈在陰界各處，專司撿拾戰場寶物的禿鷹們，都聚集在這裡。

而這些人，或坐或臥，奇形怪狀，卻都散發著相同的氣質。

強者。

他們不是普通的亡魂，他們是陰界的戰士。

「福八，你說這裡出現屍鯊？」率先開口的人，他粗壯的右手刺了一個「三」字，想必就是福三了。「別騙我們喔，屍鯊只出現在重大寶物即將出土的大規模戰場中，極為罕見，你確定看到的是屍鯊？還是看錯了，只是日本波妞魚？或是垃圾烏賊？」

「確定！確定！屍鯊的樣子，我可是牢牢記在腦袋裡。」福八比著自己半禿的腦袋。「絕對不會錯。」

「嘻，當真出現屍鯊就有趣了。」這時，一個藏在福三身後的矮個子開口了。他頭大身體小，宛如侏儒，額頭上刺著一個九字。「我當陰界禿鷹這麼久了，也只聽過屍鯊，沒親眼見過。這次真要開開眼界啦。」

「既然不會錯，我們等福哥一到，就進入戰場了。」這時，人群中，一個身穿紅色喇嘛裝的年輕男子手一伸，登時制住吵雜的人群。「福二十一、二十六，你們巡過周圍了嗎？除了我們紅樓之外，有其他的幫派靠近嗎？」

「沒有，報告福一。」福二十一和二十六同時開口。「這附近沒看到其他幫派的人馬。」

柏仔細一看，這身穿紅色喇嘛裝的男子，左肩所刺，正是福字門一人之下百人之上的標誌，「一」。

「很好。」福一微笑，「這次若是真給我們拿到寶物，福字部總算可以爭一口氣，不用再看姚字部和貴字部的臉色了。」

「正是。」眾人一同回應。

「福二十一、二十六，你們等會就在外面巡邏，若有發現……」只聽到福一說到一半，忽然住口，仰頭看向天空，面露喜色。「啊，老大來了。」

「老大？」眾人一聽，同時抬頭目視遠方，果然一顆圓鼓鼓的氣球，正緩緩的朝他們的方向飄來。「福哥來了。」

原來空中飄來的那顆氣球，竟是一個人，還是一個重達三百公斤的肥仔，只見他越飄越近，腳尖輕巧著地，就像是沒有半點重量。

「福哥，果然是擁有天福星星格的啊。」見到福哥如此輕盈的落地方式，福八轉頭對柏低聲的說。「出場的身手，就是不一樣！」

「喔。」柏瞇起眼睛，果然，以風來說，福哥的風果然是這裡最強的。

福哥飄然落地，他立刻邁步向前，朝著戰場走去。

而兩旁的福一和福三一左一右，追隨而上。

「有人看到屍鯊？」福哥聲音冷酷，直直的走向眼前這棟商業大樓，這裡進入了黑夜，多數陽世的人類都已經回家，只剩下一間空蕩的辦公室。

「是，是福八看到的。」福一彎腰的說。

「不錯，若真的挖到大寶，」福哥說著說著，已經踩進了大門。「福八，你有大功。」

「謝謝福哥。」走在後面的福八，眉開眼笑的說。

不過，就在福哥走進門內的那一瞬間，他的腳步卻微微停住。

「好重。」只聽到福哥閉上眼睛，喃喃自語。

「咦？」福一和福三微愣。「什麼好重？」

「陰氣。」福哥睜開眼，臉上透露著又驚又喜的表情。「看樣子，這裡的好貨，很不簡單。」

「恭喜福哥。」福一和福三立刻笑著恭賀。

「不過，陰氣越重，就會引來更多大型陰獸。」福哥看了看，身後那群福字部的手下，他滿是肥肉的臉，綻放陰冷笑容。「你們可得小心點，可別被他們吃啦。」

在當時，柏原本以為，在體育館內，那場賤龜屠殺魂魄的測驗，是他見過最離奇殘忍的畫面。

不過此刻的他，知道自己錯了。

因為，在商業大樓中，即將展開在他面前的，是一場更驚心動魄的獵殺大賽。

而獵物，竟是人類。

商業大樓，一樓。

柏走在福八的旁邊，小心翼翼的隨著隊伍前進。

「九十九號，你知道為什麼陰兵出土的地方，不是墳墓或是醫院，而是商業大樓嗎？」福八說。

「啊，為什麼？」柏想了一下，不解的搖頭。

「這裡是陽世人類號稱金錢戰場的『商業大樓』，這種地方，雖然不像醫院會明目張膽的吸引鬼魂，但，商業大樓內設計卡債，逼死老百姓，卑鄙齷齪，喪盡天良的事做多了，往往更容易聚集陰氣。」福八邊說邊搖頭。

「啊？這樣說，也有道理……」柏點頭。

忽然，一聲尖叫，從隊伍的末端傳了出來。

眾人回頭，發現地上有顆頭顱，不斷的往前滾來，滾過每個人的腳邊，最後，被福哥一腳踩住。

頭顱的額頭上，刺的是藍色的六十七。

「福六十七？」福哥皺眉。

福六十七的技是一條綴滿鈴鐺的斗篷，當他揮舞斗篷，鈴鐺會發出各種聲音，擾亂敵人的聽覺，讓他趁虛而入。

他雖然不算強，至少也是一名擁有三十年道行的老手，竟這麼輕易的被摸掉了頭顱。

「是屍鯊幹的嗎？」福字部的人，語氣顫抖，圍在這斗篷的附近，低聲討論。

沒有人回答，現場靜默。

每個都想到的是，在這寶物濃烈的陰氣下，難道真的吸引了其他更可怕的陰獸嗎？

第二個受害者，比福六十七高明一點，至少他喊出了一聲死前吶喊。

他是福五十二，他排在在隊伍的後面，原本生前有菸癮的他，在這麼緊張的氣氛下，忍不住要溜到後面哈一管。

結果，他發現，自己手上的煙，全部都不自然的往上飄。

他順著煙的方向，抬頭。

發現有一隻大到不合理的嘴巴，正不斷吸著白煙。

「啊！！蛙……」慘叫聲中，他的頭離開了脖子。

不過也因為這次，眾人終於看清楚了陰獸的真面目。

那是一隻青蛙，宛如一台汽車大小的青蛙，牠發出嘓嘓的聲音，用佈滿利刺的舌頭，拔下了福五十二的頭顱。

「現身了！」是福九發現了福五十二的慘死，他轉身撲上，亮出他的技。

那是一把大剪刀，福九雙手握住剪刀的柄，咻的一聲對著大青蛙的頭剪了下去。

青蛙嘓的一聲，整隻像是彈簧似的往上一跳，避開了福九的這一剪。

「那叫做龍蛙。」福八努力抑制著聲音中的顫抖。「連龍蛙都出現了，這次要出土的寶物，究竟是什麼啊？」

只見龍蛙的雙腳跳上了天花板，然後就這樣黏在天花板上，嘴一張，那充滿倒刺的舌頭，對著福九射來。

「不過就是一隻陰獸，你以為你是地獄遊戲裡面的三腳蟾蜍啊。」福九怒笑，手上的剪刀快速剪動，夾住了那條舌頭，嚓的一聲，舌頭剩下一半。

龍蛙哀號聲中，忽然，天花板的背後，傳來一個女子聲音。

「我是福六。」女子笑，「死在我的手上，算你榮幸，小青蛙。」

說完，女子手一揮，兩道高溫瓦斯火焰，噴向了龍蛙。

龍蛙連叫都來不及叫，就落在地上，化成一大塊焦炭。

「烤過頭啦。」福九踹了這個黑炭一腳。「福六，妳的烤肉技術還要改善。」

「哼。」福六跳下，「我的瓦斯火又不是用來烤肉的。」

「走啦，下一層啦。」福哥雙手插在口袋，朝著二樓的樓梯走去。「這大樓可是有七層的，按照經驗，陰獸只會越來越強而已。」

「哼，第一層已經有龍蛙了，我不相信第二層還有什麼怪物？」福六聳肩，也跟著上樓。

可是，才剛剛上樓而已，她張大嘴巴，完全呆住了。

這裡的陰獸還是龍蛙！數目卻高達三、四十隻，每隻都是一台汽車的大小，牠們看見了步行上來的魂魄們，同時張開嘴巴，發出「嘓嘓」威猛的聲音。

「二樓，原來是龍蛙的巢穴。」帶頭的福哥冷笑。「夥伴們，準備了。」

話聲剛落，所有福字部的團員們，展開各自的技，或大或小，或強或弱，七彩紛呈，佈滿了整層二樓。

「宰了這些畜生吧。」福哥雙手食指往前一比，剎那間，陰獸與魂魄們短兵相接。

其中，福一不愧是福部門的一號人物，他的技首先展現了威力，那是一顆佈滿細長尖刺的黑球。

當他把黑球滾到了一群龍蛙的中間，只聽到福一低聲喊道：「給我爆吧，芒刺之球。」

芒刺之球，在這一剎那，整個炸開。

上百根黑刺，無差別的朝四面八方噴射而出。

當芒刺過去，地面上多了十餘隻全身都是圓洞的龍蛙屍體。

不過，卻也有不少的福字部兄弟被流刺所傷，跌在一旁。

就連柏，也都差點被黑刺射中，全仗著他能感應到「風」，才逃過一劫，只是越往上的樓層，柏發現，風似乎又不同了。

很怪的感覺，他似乎認識這股風。

一種熟悉又陌生的奇異感，在他內心深處湧出。

「別發呆。」柏的前方，是操作假手的福八，他皺眉提醒。「現在可是很危險的。」

「嗯。」柏把注意力回到了戰場，他看到現場僅次於福哥與福一的第三位高手也出手了。

他的技，是一件盔甲。

當他穿上了身，力量與速度都會提升數倍，只見穿著盔甲的他，在戰場上橫衝直撞。

身軀宛如汽車的龍蛙，竟完全擋不住他的衝撞，嘓嘓的哀號中，變成一塊又一塊貼在牆上的蛙泥。

還有福六和福九，他們一個使大剪刀，一個使瓦斯火，都是非常犀利的技，更將龍蛙打得節節敗退。

五分鐘後，這場人蛙大戰，已經接近了尾聲。

魂魄們，福字輩犧牲一半，餘下二十人，而龍蛙完全覆滅。

「很好，」從頭到尾都在一旁觀望，沒有出手的福哥，鼓了幾下掌，「看樣子你們沒有疏於練習，好，我們繼續往上。」

而這聲繼續往上，卻讓柏的腳步又遲疑了一下。

因為他知道，如果以風的強度來判斷，這七層樓高的商業大樓，越接近寶物出土的高樓層，陰獸，絕對越強。

而當福部門踏上了三樓，他們赫然發現，在這裡等待他們的，是另一種更強悍的陰界猛獸。

那是能夾斷鋼鐵的兇猛陰獸，妖螃蟹。

4.2 層層關卡

關於小靜的朋友，柏認識的並不多，有印象的更少。

而小靜似乎也沒有打算把自己的朋友介紹給柏，對她來說，柏像是一個珍貴的小祕密。

事實上，柏對小靜的朋友，也沒有太大的興趣。

在他的眼裡，小靜的朋友們，都像是被溫室寵壞的花朵，在父母保護下，過著從來不擔心明天的日子。

而且，柏看著這些人，就算不願意，內心也不能控制的產生了自卑感。

因為，他聽不懂這些人討論的名牌，聽不懂他們談論的歌星，更別說他們拗口的學業術語。

他自從職校畢業之後，就靠著自己的雙拳討生活，他知道如何快速撂倒敵人，而不傷對方性命。

他知道怎麼把一台汽車拆開然後組裝，更知道當身上只剩下二十元，要怎麼過兩個禮拜。

他像是一株雜草，強韌但是不夠美麗。

不過，在柏的印象中，在這些溫室花朵中，卻有那麼一朵，曾讓他留下不同的印象。

她是小靜的中文系學姊，她的室友，更是小靜最欣賞的朋友。

她個性直率卻不會讓人感到壓迫，她聰明睿智卻深沉內斂，她不是一株溫室花朵，在柏眼中，她像是同類。

一株夠強韌的花朵。

如雜草般強韌的花朵。

柏還記得，某個與小靜一起散步的晚上，小靜曾對他說……

「柏，我告訴你喔。」小靜看著夜空，「其實我覺得，你和學姊有部分好像，而且讓我好羨慕喔。」

「嗯，為什麼？」柏訝異，那個中文系學姊？

「我想……你們都很純粹。」小靜慢慢的說著。

「純粹？」柏皺眉。「聽不懂。」

「呵呵，我好像講得太難了，難怪你會聽不懂。」小靜歪著頭想了一下，「你們的想法都很單純，卻很有力量，每次當我對自己未來感到猶豫的時候，我都會想到你們欸。」

「嗯？」柏認真的想了一下，所謂的單純，或者是因為他沒有太多的選擇。

至於力量，他倒是很有自信，畢竟他是黑貓幫裡的首席打手嘛。

「呵呵。」小靜抬起頭，看著天空的星星，微笑。「有機會，真該介紹你和中文系學姊認識。」

「喔？」柏罕見的問了關於小靜朋友的事情。「那學姊，叫什麼名字啊？」

「琴。」小靜走了幾步，才回過頭看著柏。「她的名字，就叫做琴。」

陰界，商業大樓。

此刻，樓層，已經推進到了第六層。

經過了硬殼類的妖螃蟹，又經過了藏在地板之中的吸血泥鰍，更衝破了暴力的聖女鱷魚，福字部門已經進入了第六層，距離寶物誕生的第七層，只剩最後兩層之遙了。

福哥在走進第六層之前，他停下腳步，清點剩下的夥伴。

從踏入這樓之前的四、五十人，此刻竟然只剩下寥寥六個。

福一、福三、福六、福八、福九，最後……

「小子。」這是福哥第一次，用正眼瞧著柏。「你幾號？」

「我？九十九。」柏說。

「福九十九？所以你是菜鳥，菜鳥可以走到這麼高的樓層？」福哥瞇起眼睛，摩挲著下巴。

「是。」

「我欣賞你，今天開始，你升格了，剛剛福十一號掛了，如果你活下去，你就代替他的位子吧。」說完，福哥拍了拍柏的肩膀。「好好幹啊。」

「嗯。」

「各位福字輩的夥伴們。」福哥看了所有人一眼，雙手叉腰，「走啦。」

柏看著福哥，他不懂，以福哥的實力，若是他出手，這些陰獸都絕對不是對手，他卻選擇讓手下們出生入死，而他始終袖手旁觀。

福哥踏著沉重的步伐，走上了六樓。

這裡的地板上，一片一片如刀鋒般的鯊魚背鰭，正不斷洄游著。

終於出現了，這次任務的主角，屍鯊。

眼前，少說上百隻屍鯊，在這一層來回巡狩著。

「屍鯊在第六層？」福哥看到此情此景，原本好整以暇的表情，第一次出現遲疑。「屍鯊這樣高等級的陰獸，卻不在最高的第七層？」

此話一出，福一等人也同時變色。

而一旁的柏，看到眾人的表情，忍不住拉了拉福八，「問一下，屍鯊出現在第六層，有什麼好大驚小怪的？」

「傻瓜。」福八也是一路苦戰到這，滿身血污的他，抹了抹光頭上的血跡，苦笑搖頭。「因為陰獸弱肉強食，階級分明，越強的陰獸，肯定越靠近寶物，這是定理。而屍鯊在陰獸的階級中，已經非常接近金字塔的最高……如此強大的陰獸，卻上不了第七層，你知道這代表什麼嗎？」

「代表……」柏似乎懂了。「第七層陰獸的地位，還在屍鯊之上？」

「沒錯。」福八用力吞了一口口水。「而陰獸綱目中，勝過屍鯊的屈指可數，恐怕就是被陰界公認，站在陰獸頂端的十二大陰獸了。」

第六層，此刻百隻屍鯊在第六層的地板中洄游巡狩著。

「我越來越期待，第七層的寶物，究竟是什麼了？」福哥搓著手，「陰界歷史上曾經出現過幾次重要寶物出土，也都發生過類似的陰獸聚集事件，最有名的，大概就是巨門之鎚出土那次吧。」

「那……」福九遲疑了一下，才小心翼翼的開口。「既然這次的寶物這麼特別，連屍鯊都沒上第七層……我們是不是該告訴找其他人幫忙，像是貴字部？」

「告訴貴字部？」福哥瞇起眼睛，瞄了福九一眼。「那個揹著龜殼的男人？」

「是啊，有貴字部的協助，至少我們能夠安……」福九的那句『安全』沒有說完，忽然張大了嘴，沒了聲音。

然後，福九的臉開始脹大，越脹越大，宛如一顆失控的氣球，脹到驚心動魄。

「福九？」柏見狀，伸出右手要拉住福九，而忽然手腕一緊，被福八硬生生拉住。

柏轉頭，卻見到福八搖了搖頭。

就在柏遲疑的同時，他的背後，傳來一聲巨大的爆炸聲。

一大片的血肉，順著這爆炸聲散開。

柏眼睛緊閉，他不用轉頭也知道，福九掛了。

「沒有人！從來沒有人！可以搶走這份功勞！」福哥表情猙獰，昂著頭，踏向了第六層，那滿是屍鯊的獵食場。「尤其是龜男那個混蛋。」

群鯊，嗅到了人的氣味，數百片尖銳的鯊魚鰭，夾著兇狠氣息，同時湧了過來。

「全部，給我死吧。」福哥狂吼，雙手插入了地板。

然後，柏睜大了眼睛，這是他第一次見到乙級星的威力。

如此廣闊浩瀚的陰界中，這是他第一次，窺見了高手的境界。

眼前的畫面，十幾隻鯊魚，都從地板中一躍而起，牠們身軀不自然的脹大，如同充太飽的氣球。

這一秒，福哥右拳用力一握。

「小魚們，全部給我爆開！」

第六層的空中，數十隻鯊魚同時炸開，血肉如同大雨噴落。

「好猛，好威啊！」柏瞇起眼睛，眼前的這片腥風血雨，實在比陽世的械鬥更恐怖，實在太刺激了。

只是柏不懂的是，從一路上來，他除了被這些陰獸的兇猛所驚嚇之外，竟還有一點點興奮。

那是因為頂樓吹著熟悉的風嗎？

還是，他體內某個魂魄與記憶，正在甦醒呢？

眼前，福哥當場炸掉十餘隻屍鯊，但是屍鯊能成為陰獸中的王者，豈是被嚇大的，一瞬間，福哥面前再度聚集數十隻屍鯊，對著他猛撲而來。

「可惜啊，小寶貝鯊魚啊，你們這麼強悍……怎麼不是第七層的把守者呢？」福哥這次，不再雙手插入地板，反而將手放進了自己嘴中。

下一秒，脹大的，則是福哥的身軀。

原本就是三百公斤的龐然大物，如今更是脹成了兩倍大。

而這一尊龐然大物，卻彷彿沒有重量，輕飄飄的往前，迎向這些撲來的屍鯊。

兩者，下一秒，接觸了。

屍鯊張口一咬，咬住了圓滾滾福哥的右腳，福哥沒有任何反應，繼續往前，而第二隻屍鯊，則咬住了左手。

接下來，左腳、右手、頭顱、背部、胸口……所有能下口的地方，全都被屍鯊咬住，從遠處看去，就像是掛著一大串魚的粽子。

接著，深陷屍鯊群中的福哥，嘴角卻閃過一絲陰冷的笑。

「炸。」

福哥的身體，瞬間炸開，化作能吞噬一切的火焰暴風，將所有的屍鯊一口氣捲了進去。

當暴風停息，只剩下滿地的屍鯊殘體，而福哥卻安然無損的站在樓層中央，身體已然恢復原狀。

上百條屍鯊，如今已經折損一半，牠們不再進逼，因為牠們似乎已經明白，眼前這個陰魂，很強。

強到令牠們恐懼。

「懂了吧。」福哥冷笑，肥大身軀邁步向前，跨過兩旁退縮的鯊魚鰭，「我不管第七層有什麼，我一個人就可以搞定這些小貓小魚，根本不需要天貴星那烏龜男。」

而福一眾人就這樣跟著福哥，小心翼翼的朝著七樓方向前進。

走著走著，柏只感到心驚肉跳，畢竟兩旁都是強大的陰獸「屍鯊」，任何一條發動猛攻，都可以輕易刁走他的頭顱。

眾人走著走著，才走到了第六層的中央，柏忽然聽到了一個極為細小的聲音。

叩。

柏訝異，尋找聲音的來源。

叩叩。

天花板？柏仰著頭，看向第六層的天花板，聲音從上面來的？

叩叩叩。

聲音的頻率稍微加快了，彷彿是有某個人，正敲著第六層的天花板，想要說些什麼？

柏一手拉住了前方，福八的手臂，「福八，你，你有聽到什麼聲音嗎？從天花板傳來的？」

「什麼聲音？」福八皺眉。「哪有什麼聲音？」

叩叩叩叩。

福八沒聽到？而什麼東西，會敲著天花板？如果是第七層的陰獸……那敲著天花板，又代表什麼？

叩叩叩叩叩叩叩……

難道……柏大吼，「小心，第七層的陰獸，正對屍鯊發出指令！」

對屍鯊發出命令？

這一瞬間，所有的人都抬起頭來，然後，他們看到了。

天空中，都是飛騰而上的屍鯊。

五、六十張滿是利牙的大嘴，從空中對著自己的腦袋，直撲而來。

而所有的人，正好在第六層的中央，正是避無可避的死亡位置。

死亡的戰慄，宛如一大片電網，瞬間籠罩所有人的心靈。

「吼！」第一個被咬中的，竟是第二把交椅，福一。

他展開垂死的掙扎，手中所有的靈力盡數釋放，化成一顆一顆黑色刺球，胡亂扔向天空。「幹掉你們，你們這些混蛋鯊魚！」

「別這樣！」福三與福六同聲大叫，「你的球，會傷到自己人啊。」

可是，來不及了。

下一秒，數隻屍鯊撕裂了福一的身軀，而他的七、八顆兇暴的黑刺球，也同時在空中炸開。

黑刺之雨，殺無赦，貫穿了十餘隻屍鯊。

卻也貫穿了另一個夥伴，福六的身軀，她的瓦斯火使出，但擋不住狂亂的黑刺，一眨眼，她就變成全身是洞的屍首。

而跟在福六後面的福三，緊急喚出了戰鬥衣，雖然在戰鬥甲的保護下，速度和力量都已經提升，但是黑刺來得又快又密集，加上距離太短，他已經沒有足夠的時間，可以全身而退了。

雖然他的戰甲硬是擋住密佈的黑刺，但突然雙腳劇痛，赫然發現，他的腳板被黑刺釘穿，兩雙腳更被牢牢釘在地上。

對他來說，失去了行動自由並不可怕，更可怕的，是周圍不斷飛躍而來，宛如自殺攻擊的屍鯊。

「吼！」福三的右拳揍飛了一隻，左拳又揍飛了另一隻，可是，屍鯊豈是龍蛙能比擬的，當福三擊退了兩隻，卻被第三隻屍鯊給咬中了左手。

左拳被屍鯊牙齒狠狠封印，再也無法揮動。

「吼吼吼！」福三哀吼聲中，右拳只揮了兩下，再度被另一頭屍鯊咬中。

此刻的他，雙拳雙腳盡殘，已經宛如廢人。

他露出最後的苦笑。

「媽的，七樓的那隻，你到底是誰？好狠啊你。」

最後一刻，屍鯊湧上，福三終於步上了福一的後塵，變成了屍鯊口下的肉片。

整個六樓，只剩下福哥、柏，以及被柏及時拉住，因此躲過第一波攻擊的福八。

福八不斷顫抖，他加入福字門以來，長年都是擔任戰場禿鷹，撿拾寶物的角色，哪裡遇過這種大陣仗？

而柏，卻發現自己竟然還能保持冷靜。

因為他已經漸漸能明白，此刻滿天剽悍的屍鯊，所激起的風，究竟怎麼流動了。

也因為如此，他左躲右閃，竟沒有半隻屍鯊能咬中他。

「福九十九……不，你現在是福十一了，你到底是誰？」福八被柏拉著手，氣喘吁吁的躲避狂暴的屍鯊飛騰，「為什麼你能看穿這些屍鯊的攻擊？」

看穿，攻擊？

柏自己也不明白，而他更不明白的，卻是他內心翻湧的一種感覺。

七樓，只剩下一層之遙的七樓，有東西在呼喚他。

叩，叩叩，叩叩叩。

宛如死亡梵音，讓屍鯊戰到力竭而死的敲擊聲背後，到底藏著什麼樣的怪物？

而那東西，為什麼正在呼喊著他？

柏仰頭，他彷彿看見了七樓那寶物隱約的輪廓。

那是一把很長的柄。

而柄的盡頭，彷彿是一把利刃。

「矛。」柏喃喃自語。「那是矛，好兇的一把矛。」

「你在說什麼屁話啊？」福八低著頭發抖，「什麼好兇的矛？」

「我是說……」柏的話尚未講完，忽然，整個六樓，一聲雷霆震動。

這聲雷霆，竟是來自一個人的怒吼。

福哥，正是福哥。

「混帳啊，竟敢操縱屍鯊來對付我！」福哥渾身的肥肉因為憤怒而發抖，而隨著他每一下抖動，他的身軀就脹大了幾分。

身體宛如氣球，一次又一次往外擴張。

這次，甚至比上次更大，更緊，更充滿了瞬間炸開的力道。

「七樓的混帳！」福哥吼，身軀猛力往上一彈，圓滾滾的身體就像是砲彈，直衝上天花板。「給你爸爸，下來！」

給你爸爸，下來！

這聲怒吼，福哥的全身能量，已經在第六樓的天花板，整個炸開。

曾經秒殺十餘隻屍鯊的暴風，夾著無與倫比的威力，穿透了片片的天花板，瓦解了七樓的層板與鋼筋。

七樓崩塌。

在如雪崩般的落塵中，一個影子，終於落了下來。

這場綿延一到六層的漫長屠殺，四十名陰魂先後陣亡的戰役，最後魔王，終於要現身了。

4.3 第七層 陰獸魔王……

柏常覺得，月，其實是一隻有靈性的狗。

雖然這隻狗很會撒尿，又常常喜歡追路邊的摩托車，甚至半夜發情吠不停。

但，柏還是覺得，牠是一隻神奇的狗。

因為，柏的阿媽心臟病發的時候，要不是月在半夜發情亂叫，柏也沒辦法將阿媽緊急送到醫院，救了阿媽一命。

更別提因為月的一泡尿，讓柏認識了小靜。

打從訓導主任把紙箱丟給柏開始，柏就覺得，這隻小狗很特別，要不是特別的聰明，就是特別的蠢。

曾經，柏把月高高抱起，月胸前那撮如月亮般的白毛，正對著柏的眼睛。

「我想，你其實是一隻靈犬吧？」

月搖著尾巴。

「是吧？」柏問，「你是靈犬吧？」

然後，月搖尾巴，然後吐了吐舌頭，把頭別開。

柏感覺到臉上一陣溼暖。

接著，柏眼睛大睜，罵了一聲髒話。

「靠，我錯了，你不是靈犬，你只是愛尿尿的髒狗！」

七樓的天花板整個塌陷，在如雪崩的塵土中，一隻巨大的影子，從天而降。

只是影子剛剛落地，引起整個樓層的震動後，卻又立刻如彈簧般，從地板上彈開。

柏還來不及反應，那影子就已經彈到了窗戶邊，下一刻，又在另一頭的牆壁上出現，速度之快，宛如有數十隻殘影，同時存在在這層樓裡。

柏不禁詫異，這隻野獸雖然巨大，可是動作好快。

牠就是食物鏈當中，還在屍鯊之上的王者陰獸嗎？

「好囂張的畜生！」福哥從塵埃中走出，滿身灰塵的他，霸氣十足的站定，「想靠速度來躲避我的攻擊嗎？」

只見這巨大黑影還在快速移動。

「給我停下來！」福哥蹲下，抓起地上的屍鯊屍體，開始朝著黑影拋去。

而那每具屍體，都快速在空中脹成大圓球。

一顆致命的圓球。

然後在快要碰到黑影的剎那，圓球炸開。

瞬間，這商業大樓的第六層，陷入一片連環爆炸中。

原本意料這綿綿不絕的爆炸，能暫時封鎖黑影的速度，卻發現黑影在爆影間不斷穿梭，巨大的身軀靈巧至極，宛如夜犬穿行於巷弄，剎那間就已經逼近了福哥。

而就在這一刻，黑影的真面目，終於顯現。

那是一隻巨犬，毛短而純黑，美麗而充滿力量的巨犬。

「原來是一隻小狗啊。」福哥獰笑，張大嘴，把手塞入口中，一開始就用上了絕招。身體，急速膨脹。

黑犬絲毫沒有懼意，獠牙發出低吼，雙爪凌空抓來。

「這麼近的距離，中我的爆炸。」福哥笑，「管你在陰獸綱目中站得多高，都難逃變成肉團的命運！」

然後，福哥臃腫的身體，脹到了極限。

在黑犬的嘶吼聲中，福哥炸開了。

他的靈力，從破開第七層的地板開始，已經用去了一半，如今更是把殘餘的靈力，整個釋放開來。

他閉上了眼睛，盡情的享受靈力爆開的感覺。

因為他有足夠的自信，在這麼短的距離內，在他的人體氣球絕招下，這隻不知道打哪來的陰獸，最後會化成灰燼。

然後，他就會拿到寶物。

這個讓陰獸為之瘋狂的寶物，絕對會讓他在陰界享有無盡的榮華富貴。

榮華，富貴啊！

然後，福哥睜開了眼睛。

從漫天落地的灰塵中，他看見了一雙眼睛，就在他眼前五公分處。

一雙黑得很透徹，透徹到沒有任何人性，只有純粹冷漠的猛獸眼睛。

「為什麼？」福哥張大嘴巴，渾身抖動。

而黑犬竟在他的正前方，表示剛才的爆炸，根本就沒有炸飛這頭猛獸。

「你，沒有被……」福哥語氣顫抖，連同他臉上的肥肉，都一起震顫起來。「你究竟是……什麼怪物……怎麼會有陰獸不……」

那雙冷漠的野獸眼睛，靜靜的看著他。

「這麼厲害的陰獸，難道，難道你是，被列為危險的十二隻陰界怪物……」福哥雙手再度舉起，他要再啟動人體氣球，這是他最後的機會！「十二大陰獸！」

福哥雙手舉高，最後的靈力，就要爆開……

他閉上眼，感受自己靈力爆放，那充滿力量的氣體，捲住了這隻巨犬，然後狂猛的氣流把巨犬的四腳都扯下，頭顱扭斷，最後只剩下漫天飛舞的細細黑毛。

贏了。

福哥重重的吐出一口氣，贏了。

然後，他睜開了眼睛。

這次，他沒有看到野獸殘酷的眼睛。

但他看到了倒轉的世界。

天花板在下，地板在上，而柏與福八，則完全違背了重力，站在顛倒的地板上。

為什麼？

直到他抬起眼睛，看到了自己的脖子，正吊在一排獸齒上。

他才懂了。

他的頭，已經被這隻怪物般的陰獸，給整個扭了下來。

不是這個世界倒轉了，而是他的頭整個倒轉了。

「啊啊啊！」福哥嘴裡發出怪異的哀號聲，仰頭便倒。

「嘯風犬，你是十二大陰獸中的嘯風犬！」臨死前他舌頭抖動，吐出了生命中最後一個領悟。「十二大陰獸，真的打不贏啊。」

然後，沒有頭顱的福哥轟然倒下，整場戰役歷經了血腥的大半夜，最後獲勝的，竟然是一隻陰獸。

福哥死亡。

魂飛魄散，天空中一顆流星墜落，乙等星的亮度向來不強，只能在生命最後一刻，短暫的照亮半個夜空。

戰場上，最後的倖存者還有兩個，一個是已經嚇到口吐白沫的福八，還有一個，就是不久前，才死亡成新魂的「柏」。

柏在一旁，他清楚的看見，福哥的暴風為什麼沒有傷到這頭神速的巨獸，因為牠在那一瞬間，吐出了一口氣。

這口氣，竟將迎面而來的暴風，宛如摩西分海，將暴風吹向了兩邊。

嘯風犬，這名字是不是說，牠原本就是棲息在風頭的陰獸。

能如此精確的操縱風，再強的暴風，又怎麼可能傷到牠分毫？

嘯風犬叼下了福哥的頭顱之後，四足落地，動作輕盈，沒有發出半點聲音。

牠慢慢轉頭，那雙冷漠的眼睛，定定看著柏。

而柏眼睛瞇起，因為他發現，這隻巨犬的胸口，有一個東西。

一個曾讓柏很熟悉的形狀。

白色，如彎月，在一片黑毛上，如深秋夜晚的那枚明月。

一路上，柏曾經感受到，又陌生又熟悉的風，就是來自這枚彎月。

「這枚月形毛。」柏忍不住問。「你……難道是月嗎？」

黑犬，沒有動，與柏對視。

「你是月嗎？為什麼你在陰界？為什麼會成為猛獸？」柏輕輕的問，他不知道哪來的勇氣，竟朝著那頭猛犬走近了兩步。

黑犬還是沒有動。

「福九十九，別過去……嘯風犬很可怕的……」福八躺在一旁，嘴裡嚷著。「所謂的十二大陰獸，是被公認古往今來最可怕的十二隻怪物！」

柏不知道自己為什麼這麼有勇氣，他手往前伸，又朝著黑犬踏近了幾步。

而當柏走到了嘯風犬的正前方，他才詫異的發現，在這白毛底下，還藏著一個東西。

那是一根柄，柄尾突出。

只是柏感到有些奇怪，這柄似乎是剛才才露出來的。

「你受傷了嗎？」柏看著那根柄，之中，皮毛已經覆蓋上去，顯然這個傷口時間已久。

「是被誰刺的呢？」

黑犬依然沒有動，牠的眼珠注視著柏。

這時，福八還在嚷著。「而嘯風犬，更是其中最兇猛的陰獸之一，牠獨來獨往，殺人不眨眼，別過去啊，福九十九！」

「乖。」柏手往前，步伐小心的往前，他距離這頭黑色巨獸，僅有三步之遙。

這頭巨獸比柏高了整整一倍，近看之下，更顯威勢。

「是誰把你的胸口白毛上，插上這柄……」柏的手，慢慢的摸上了那根木柄。

這一秒鐘，在柏面前的，不是操縱屍鯊，坑殺整個福字門的陰獸之王，更不是輕易叼下天福星頭顱的猛犬。

而是月，那隻老愛吐舌頭，老愛尿尿的可愛笨狗。

看著柏的靠近，黑犬依然沒動。

「讓我來幫你吧。」柏的右手，輕輕握住了柄。

黑犬身體一動。

「別動！」柏一吼，手用足了力氣，用力一拔。

黑犬仰頭，一聲貫穿雲霄的犬嘯，吼了出來。

這聲犬嘯好厲害，能量之強，竟把整個六樓的玻璃全部震碎，牆壁更震出一條一條裂紋，裂紋蔓延，宛如一大片密佈的蜘蛛網。

在這如狂風暴雨的嘯聲中，福八眼睛一翻，暈了過去。

整個六樓，剩下柏一個人苦苦支撐，他雙手握柄，試圖要拔出來。

但，柏發現了一件怪事，他拔不起這根木柄，甚至……被吸了進去。

此刻，六樓迴盪著嘯風犬的吼聲，從吼聲中可以判斷出，嘯風犬的疼痛與憤怒。

但是奇怪的是，嘯風犬雖吼得憤怒，卻一點也沒有攻擊柏的意思。

而同一時間，柏發現自己的雙手越陷越深，越陷越深……手腕以下，都已經陷入了嘯風犬的身體裡面。

他從來沒有遇過這樣的事，難道這是陰界的特例嗎？

野獸的胸部，會吃掉無辜的人們？

「吼吼吼吼嗚！」終於，嘯風犬發出了一聲震耳欲聾的怒吼，牠四足彈起，開始狂奔，也帶著柏在整個第六層不斷的繞圈。

速度之快，讓柏深陷在一片急速流過的光影中，只有一片狂風激起的呼嘯聲，在耳邊劃過。

就在此時，柏彷彿聽到了一個聲音。

一個來自他雙手緊握「柄」的聲音。

這聲音低沉而充滿威力，宛如被囚禁在黑暗深淵中的魔神，正在低語。

『吾乃破軍，二十九年前將破軍之矛，插入了我的摯友嘯風犬體內，唯有我本人與具備我力量者，方能拔開此矛。』

周圍的風好強，強到柏快要昏厥。

『而汝，』那聲音忽然轉大。『還不夠格。』

這一剎那，嘯風犬發出驚天動地的怒吼，而柏同時感到雙手握住的木柄一滑。他的雙手，已經抓不住了。

「啊，糟糕。」柏咬牙，下一秒，他已經知道，抓不住柄的後果。

他的身體被甩離了嘯風犬，更夾著強大的速度與甩勁，朝著六樓的牆壁飛去。

柏在空中，唯一能做的，是基於本能的，用雙手護住頭顱。

接著，一聲沉悶的響聲，從他的右半身傳來。

他撞上了牆壁。

但這一撞，卻沒有想像中的痛，反而像是撞到了一大塊柔軟的毛地毯。

柏一轉頭，發現那是嘯風犬，在最後一刻，擋住了柏的致命一撞。

柏全身癱軟，慢慢從牆上滑了下來。

嘯風犬落地，這一撞似乎也對牠造成某種程度的傷害，但牠仍用鼻子在柏的身體旁邊頂了兩下。

「謝謝……」柏摸著巨犬的頭，輕輕的說，「謝謝你，你……是月吧？」

嘯風犬沒有回答，仰頭一嘯，朝著六樓窗戶一躍，巨大的身影不用幾秒，就融入了夜色之中，徹底消失。

柏癱在地上，不斷喘氣。

他困惑的看著自己的雙手，那聲音究竟是怎麼回事？而所謂的不夠格，又是怎麼回事？

而令他最不能解釋的，是最後一刻他腦海中出現的一個身影，纖細而苗條的長髮女子。

更令柏遲疑的是，這女子的背影，為什麼是這麼熟悉？

在不斷浮出的問號之下，柏閉上了雙眼，精疲力竭加上撞擊的重傷，讓他完全的失去了意識。

4.4 夜市

對於小靜的學姊，柏第二次遇到，則是中文系畢業公演。

當時，琴正準備中文系的大戲「畢業公演」，而小靜是琴的學妹，於是她帶著一種崇敬的心情去觀賞那次公演。

而柏，則是小靜身邊，一個沒人注意到的神祕護花使者。

在去參加公演前，小靜很認真的煩惱著，自己該送什麼樣的花，給這個她最崇拜的學姊。

「柏，你知道嗎？」小靜雙手托住下巴，看著自己眼前的飲料。「學姊雖然看起來酷酷的，事實上，是非常受歡迎的喔。」

「喔。」柏看著窗外，「那個叫做琴的學姊嗎？」

不知道為什麼，柏對小靜朋友的記憶都是一片模糊，唯獨對這個叫做琴的學姊，有著一份特別的感覺。

像是同類的直覺。

「是啊，你還記得啊？」小靜睜大眼睛，隨即又低下頭。「我想送學姊特別一點的花，因為她這個人比較特別。」

「花？」柏聳肩，這東西對他來說實在太遙遠了，他最熟悉的花，叫做檳榔姊妹花，那是小狂喜歡的，每次都拉他去買檳榔。

雖然，他不吃檳榔，倒不是討厭那味道，他只是偶而會想到那個討厭的訓導主任，他曾經罵他，「要當一個流氓，就當一個有格調的流氓，要吃檳榔就不要吐紅汁。」

為此，他莫名的不吃檳榔，反正他的地位，是靠一雙拳頭出生入死掙來的，而不是靠嚼檳榔要狠騙到的。

「怎麼辦呢，要送什麼花啦。」

「這麼麻煩，什麼花，乾脆送花椰菜吧。」柏皺眉。「這麼煩惱，去菜市場買，一顆也不用一百元。」

「欸？好聰明喔。」小靜眼睛一亮，「就送花椰菜吧。」

「啊？真的要送花椰菜？」

當天晚上，小靜莫名其妙的接受了柏的建議，她把三棵正值青翠的花椰菜，用各色緞帶與包裝紙，打扮成華麗無比超大束「花椰菜捧花」。

在畢業公演結束的那一刻，在十餘朵爭奇鬥豔的花束簇擁下，小靜把「花椰菜捧花」，獻給了琴。

琴笑了。

笑得好開心。

「這花椰菜是妳想出來的？」在喧鬧的人群中，琴笑著問小靜。

小靜看了一眼背後，雙手插在口袋裡面的柏，「是我的朋友，他想的。」

「喔？」琴瞇起眼睛，雙手握住沉甸甸的花椰菜捧花。「他叫什麼名字？」

「柏。」小靜說。

「學妹，妳男朋友啊？」

「不是。」小靜遲疑了幾秒，「他不是。」

「喔，」琴又多看了幾眼柏，然後她微笑和小靜擁抱，再來則是越來越多學弟學妹湧上來送花、擁抱，還有合照。

小靜終於被人群推到了一邊。

「她喜歡嗎？」柏雙手插在口袋，踱著悠閒的腳步來到小靜的身邊，問道。

「喜歡。」

「喔，那還不錯啊。」柏一邊的嘴角揚起。

「嗯。」小靜看著被人群包圍的學姊，沒有說話。

「怎麼啦？」

「沒事。」小靜低下頭，眼神複雜，輕輕的說，「沒事。」

那晚，柏送了小靜回家，而讓柏困惑的是，之後的整整一個月，小靜卻完全的失去了聯絡。

而當下一次小靜出現，她已經填好了歌唱比賽的報名表，她說，她要追逐夢想。

她還說，她要努力，她不想輸給你們。

雖然，柏始終沒搞懂，那個「你們」究竟是誰？

柏因為劇痛而昏迷，他只記得被人拖起雙腳，扔進了黑色布袋中。

他記得福哥曾經派人在門口把風，理論上，當獵寶行動結束，這些人會通知紅樓的夥伴，把他們救回去。

事實卻不然。

而柏在黑色的布袋中，卻隱約的聽到了一段對話。

「老大，真的要這樣做？」一個聲音說。「一旦被上頭知道　　」

「哼，寶物沒有出現，天福星那胖子又死了。」另一個聲音說道，「我們得從這幾個生還者下手。」

「老大，我知道按照解神的預言，這寶物肯定和『破軍』有關，相當重要，可是　　」

「哼，縱觀陰界，誰不想得到破軍的寶物。」另一個聲音回答。「放心吧，我們問完，把他們宰了，又有誰知道？」

柏只聽到這裡，隨著黑色布袋不斷的在地上拖行，加上胸口的劇痛襲來，讓他再度失去了意識。

而當他下次醒來，卻已經在一個不知名的地下室之中了。

把柏喚醒的，是一大盆當頭而下的冷水。

而當他睜開了眼睛，他發現自己正處在一間陰暗的地下室中，而他的雙手被鎖鏈懸吊在半空中。

地下室裡，有兩個人正對他露出陰沉的冷笑。

一個背上扛著一只巨大龜殼，身著燕尾服，打扮極度怪異，他就是紅樓三部中的貴字部領袖，「龜男」。

另一個，柏卻從未見過，他身材矮小，戴著大大的黑框眼鏡，宛如曾經重考二十次以上的鬱悶男。

「到底是怎麼了？」冰冷骯髒的水，順著柏的臉頰，不斷往下滴落。「為什麼把我吊起來？」

「為什麼啊……」那重考鬱悶男乾笑了兩聲，忽然出拳，對柏的肚子卯了下去。「這裡有你發問的餘地嗎？」

「嘔……」這拳很重，柏竟然差點把胃袋都嘔出來。

就隨手的一拳，怎麼會有這麼重的力量？

「現在開始，由我們來問話，問你一句，你答一句，懂嗎？」重考鬱悶男說，「由我貴一，和我家的老大龜男來說話。」

「貴一？」柏懂了，這個外貌猥瑣的男人，就等於福部門的福一，是僅次於部門老大的二號人物。

「我問你。」龜男雙手插在口袋中，慢慢的逼近了柏，「當天晚上，商業大樓六樓，究竟藏了什麼寶物？」

「寶物？」

「裝傻？」龜男食指一動，背後的那個重考鬱悶男「貴一」已經搶身上前，同時間，他的拳頭已經來到了柏的面前。

痛。

劇痛。

柏甚至可以感覺到，滿嘴的牙齒因為這拳而動搖。

為什麼，他的拳頭可以這麼強？

「我再問一次。」龜男再度站到柏的面前，表情猙獰。「第六樓，那個引來上百隻屍鯊的寶物，究竟在哪？」

柏看著龜男，他搖頭，「我昏過去了。」

「還廢話，揍！」龜男再度轉身，而那個鬱悶重考男，再度欺身而上，他的拳頭擰得好緊，對準柏的肚子，擊了進去。

好痛。

這一拳，又比剛才的力道更猛，柏只覺得內臟幾乎倒轉，血液全部因為疼痛而衝到了腦門。

這重考鬱悶男的拳頭，為什麼這麼重？難道　　這也是一種技？

「他不肯說。」男人皺眉，看著龜男。「我已經很用力了，再下去，他會死掉的。」

「死掉又有什麼好怕的？」龜男冷哼一聲，「沒關係，我還有法寶，貴二！把那個老傢伙帶進來。」

當地下室的門被推開，被帶進來的人，立刻讓柏睜大了眼睛。

福八。

只見福八半昏迷狀態下，被兩個人架了進來。

一個是全身上下都綁著粗大鎖鏈的女人，她身材高大，單手拎著福八，砰的一聲摔在地板上。

一個是戴著眼鏡，頭髮凌亂，左額有塊小疤，手裡拿著一根像是仙女棒棍子的虛弱男子。

「貴二。」龜男雙手抱胸。「這老頭有說什麼嗎？」

「報告老大，他只提到福哥被一隻大野獸殺掉，他連野獸長什麼樣子都沒看到。」拿著仙女棒的虛弱男子說，「貴三已經用鎖鏈審問了，應該沒錯。」

「是嗎？」龜男閉著眼睛，沉思了半晌。

然後他睜開眼睛，下了指令。

「把這兩人鎖好，貴三，妳負責看守。」龜男比了比鎖鏈女。「我就不相信，問不出寶物的事情。」

「可是，老大，如果把他們一直關著。」這時，重考鬱悶男開口。「如果姚字部注意到……甚至驚動了邪命」

「這我當然想到了，貴三，如果他們還不吐露……」龜男手比著自己脖子，做出一個劃開的動作。「別客氣，就幹掉他們，我們再丟回那個戰場，沒人會知道，他們的死因和其他人不同的！」

「遵命。」鎖鏈女沉默點頭。

「記住，今晚十二點啊。」龜男轉身，就要離去。「你們兩個，最好想出點什麼。還有一件事情別忘了，福哥已經死了，你們沒有靠山了，哈哈。」

龜男率著貴一、貴二，離開了地下室。

整個地下室，剩下一個沉默的鎖鏈女。

「想離開這，死。」鎖鏈女冷冷的說。「十二點，也死。」

說完，她在門邊找了一個空地，穩穩的坐下。

柏與福八的死亡倒數，也從現在，一點一滴開始。

「福八，我問你一件事。」雙手被懸吊的柏，轉頭，小聲的問。

「嗯？」福八渾身是血，閉著眼睛。「問吧。」

「你為什麼要　　隱瞞第六層所發生的事情？」

「隱瞞？」

「我知道，嘯風犬的嘯聲，並沒有讓你真正的暈過去。」

「喔？」

「既然你看到了一切，為什麼不說？」柏看著福八，「像是寶物就插在嘯風犬的腰部，還有我試圖拔出來……」

「呵呵，你這個死菜鳥。」福八眼睛瞄了一下『貴三』鎖鏈女，確定她並沒有聽到他們的對話。「你以為，為什麼嘯風犬一口就叼下福哥的肥腦袋，卻任憑你幫牠拔刺。」

「嗯……」

「甚至最後為了救你，把你從牠的腰部甩下來，還用鼻子頂了頂你？」福八笑著搖頭。

「因為，牠認同你。」

「啊，認同我？」

「十二大陰獸，是非常恐怖的生物，牠們把陰魂當作食物，吃起人毫不客氣。」福八說，「卻有一種陰魂，會讓牠們服從，甚至畏懼，那就是　十四主星。」

「啊？」

「我是不知道，你和破軍星是什麼關係啦。」福八仰望著斑駁的天花板，重重的吐了一口氣。「可是我知道，你的魂魄，和我們不同。」

「嗯……」

「既然如此，如果把發生的事情說出來了。」福八笑了一聲，「以龜男這種陰險善妒的性格，你以為，你能活下去嗎？你這個死菜鳥。」

「福八……」柏看著福八，他發現自己的眼眶竟有點酸。

這份酸，來自對福八的感謝。

福八為了隱瞞柏的祕密，犧牲的，可是他的生命啊。

「懂了吧。」福八笑著說，「別看我是一個安逸的老鬼魂，其實我也想對陰界做點事，最近的政府實在太囂張了。」

「嗯。」

「那你問完了嗎？」福八看著柏。「換我問你了。」

「啊？問我？」

「你，有逃出去的決心嗎？」福八眼睛，定定的看著柏。

「可是，怎麼逃出去？」

福八微笑，沒有答話。

而柏忽然感覺到那綁著他雙手的繩子，鬆動了起來。

一抬頭，一隻白色手套的假手，正慢慢的解開了柏的束縛。

這不就是福八的技嗎？

「菜鳥，你還沒回答我的問題。」福八看著柏。

柏慢慢的微笑。「有。」

「很好。」福八大笑。「那我們就動手吧。」

這聲大笑引起了鎖鏈女的注意，她才抬起頭，忽然雙眼，就被一個白色物體矇住。

正是那隻靈巧的假手。

鎖鏈女正要大叫，假手更是五指並用，連她的嘴巴和耳朵都一起摀住。

「快點，我的假手撐不了多久的。」福八甩開繩子，抓著柏，一起衝向地下室的大門。

鎖鏈女失去了視覺和聽覺，憤怒之餘，雙手高舉。

「啊吼！」

全身上下的鎖鏈，以她的身體為中心，夾著凜冽的氣勢，同時射出。

「福八，跟著我的動作。」柏搶到了福八的面前，迎向衝刺而來的鎖鏈，然後他閉上了眼睛。

專心感受著風，因為風會告訴他，哪裡才是安全的。

鎖鏈亂射，密佈整個地下室，鏘鏘的鎖鏈撞擊聲動人心魄。

可是柏拉著福八，左穿右閃，卻巧妙的避過了所有的鎖鏈，一眨眼，就來到了地下室的大門。

「走吧。」柏握住地下室的門把。

「走了。」福八在他身後，比出了一個大拇指。

然後，柏手一用力，拉開了地下室的門。

沒想到，當他門一開，眼前的畫面，讓他和福八同時發出大叫。

小耗

外型：十餘歲的年輕男孩。
危險等級：2
鬼齡：五十年。
能力：擀麵達人。

這個技受到父親天廚星影響甚深，因為喜愛麵食，故創造出此技，此技可以將道行化成一條又一條的麵線，透過揉麵與擀麵的過程，發動攻擊。

小耗在夜空中，屬於丙等星，小耗當空，會損失小額錢財。

第五章・武曲

5.1 ──那盤炒飯

琴始終記得，那次畢業公演。

那是她大學畢業前，最後一次全系共同投入，共同完成的大事，也是所有人關於大學這四年，記憶的點點滴滴集合。

那次的琴，負責編劇還有配樂。

熱愛電影與劇場的她，將她所學的一切，都灌注到了這次公演中。

她傾全力的成果，換來滿堂超過十分鐘的熱烈掌聲，光是謝幕，她就被要求謝了三次，因為觀眾的掌聲停不下來。

她在台上鞠躬的時候，發現她生命中那些重要的朋友都來了，高中的死黨，大學的老友，曾經刻骨銘心，如今卻成為好友的前男友，當然還有她很疼的學妹。

最後衝上來獻花的時刻，琴感覺到自己被花海包圍，而這片花海中，卻有那麼一朵，很俗，俗到出類拔萃，正是『花椰菜捧花』。

她好詫異，看著捧著花椰菜的學妹，那是小靜。

琴記憶中的小靜，對音樂有分異於常人的敏銳度，也曾在畢業公演的配樂上，幫了琴不少忙。

但，嫻靜的她，不該是會送花椰菜的人啊。

於是，琴忍不住問了小靜，「這是妳想出來的嗎？」

小靜一愣，然後回頭，從小靜的目光中，琴看到了柏。

短髮，精悍，不像是這大學的學生，反而像是經過多次生死歷練的街頭拳手。

一種異樣的感覺，湧上琴的心頭，她又繼續問小靜，「這是妳男朋友？」

小靜遲疑半晌，然後搖頭。

「喔。」琴又多看了柏幾眼，她可以感覺到，在觀眾席中，那個叫做柏的男孩，也用同樣的眼神看著她。

琴竟然產生一種錯覺，這是兩頭猛虎隔著懸崖山澗的凝望，是一種強者的示威，也是一種見到相同靈魂的深深悸動。

然後，琴注意到了小靜表情的異樣。

於是她伸出手，給了小靜一個大大的感謝擁抱。

接著，人潮湧來，琴無暇顧及小靜，而小靜也默默的退出了人群。

以後的日子裡，琴始終感到些許歉疚，小靜是不是從她與柏對望的眼神中，誤會了些什麼？

陰間，小寶夜市。

琴、莫言、橫財、小傑、小才以及被抓住的大耗，共六個人，浩浩蕩蕩的朝向冷山饌的美食區靠近。

「你說冷山饌生病了？」小才問。

「是。」大耗語氣沮喪。

「生了什麼病？」

「你自己看，就知道了。」

而當他們來到人潮洶湧的美食區，琴更看到滿街各式各樣稀奇美食，包括各種不知名陰獸做成的烤肉，以及空氣中飄著的無名但又誘人的氣味。

走過琳瑯滿目的美食佳餚區，有的大排長龍，像是「地獄系列燒烤」，推出地獄列車烤肉串，地獄禪滅烤雞翅等等

終於，大耗停下了腳步，手比前方，嘆氣道：「這裡，就是師父的攤位。」

一見到冷山饌的攤位，所有人都低聲嘆了一口氣。

因為，冷山饌這名頭太響亮，隸屬一百零八紫微星中的「天廚星」，更擔任過政府紫微

閻帝與六王魂的直屬御廚，他的攤位，該是這個美食夜市的帝王之位，該是擁有最長排隊人數，擁有最閃亮招牌的一個帝王。

但，如今攤子前，卻是一片冷清。

「啊？」琴左顧右盼，這附近的每個攤子都是人潮洶湧，包括隔壁的異色食坊，賣的也不知道是什麼鬼東西，「抽鬼雞排」與「鬼頋花枝丸」　連這麼貌不驚人的攤位，都這麼多人。

為什麼，冷山饌的攤子，會一個人都沒有？

琴往前走去，看清楚了坐在攤位上的老人。

他的年紀約莫六十上下，下巴滿是未清理的鬍碴，面容憔悴，看起來沮喪至極，而他的攤位的招牌上寫著兩個字。

「**炒飯**」

「炒飯？」琴仰著頭，她內心暗暗的鬆了一口氣，「在陰界，總算有一個食物名字，是我聽過的了。」

「炒飯？」小才拉了攤子給琴坐下。「這老頭，是生了什麼病？」

「師父……」大耗正要說話，忽然眼前一個嬌小的影子，吹著口哨，揹著包袱從遠處而來，見到琴等人，立刻臉色大變，轉身就要走。

這嬌小影子，正是剛剛要詐的主謀者，小耗是也。

他轉身要逃，琴的眼神看了小才一眼。

小才一笑會意，「剛看過莫言的手段，現在換我啦。」

說完，小才已經躍出，雙腳憑虛御空，一下子就追到了小耗的身後。

「啊啊。」小耗感覺到背後湧現的靈壓，手足無措，更加速往前奔馳。

只是他沒踏幾步，小才逼得更近了，小才也不急著亮兵刃，只是貼著小耗的背而走，在夜市的熙攘人潮中，一前一後穿梭著。

見到小才的這手，莫言與横財互看一眼，低聲說：「果然是地空星，有幾把刷子。」

要知道，這份緊貼在他人背後不疾不徐，追躡的功力。重要的是能掌握對方的速度，隨時做出應變，若是對方驟然減速或加速，都可能造成小才的追撞或是落後。

尤其是如此人潮洶湧的夜市，能這樣如鬼魅般跟隨，若非「心體技」的「體」練到了一定程度，實難辦到。

「好。」就在眾人讚嘆之際，小耗腳步忽然一緩，右手放下包袱，雙手掌心一拍。

這一拍，竟似有一股類似麵粉的白氣噴出。

「小心，」小傑提聲警告。「對方要出技了。」

「哼，沒在怕的。」

小耗雙手這一拍，然後雙手往後一拉，拉到極限，然後再一拍，再往後拉到極限。

這動作重複幾次，琴忍不住揉了揉眼睛，因為她彷彿看見了，那小耗的兩手掌心，多了一條一條細白透明的絲線。

那是麵線嗎？

所以，小耗的技，是揉麵粉？

「小才，他掌心有東西！」琴也跟著喊。「那是像麵一樣的東西！」

「謝琴姊。」小才微笑。「這點小伎倆，我還不放在心上。」

說完，小耗把手上的麵線在空中一扭，麵線在空中瞬間扭成一塊，然後再分開，數十條麵線宛如有生命，在空中盤桓打繞。

最後，小耗雙手同時往前一推，密密麻麻的麵線，忽然變得筆直，如釘山，朝著小才直刺而來。

「麵，就該乖乖在鍋子裡被煮。」小才手腕翻動，他最得意的武器，小柄玻璃斧已然現身。「別出來招搖撞騙！」

玻璃斧鋒利絕倫，直接朝麵線削下，眼看就要一斧兩斷，卻出現了意外。

因為這麵線極有彈性，玻璃斧僅僅繃斷了幾條麵線，其餘的麵線只則崩了一聲，尚未斷裂。

同時間，小耗嘴露冷笑，雙手往上一捲，手上麵條靈活至極，竟一條條纏繞住斧頭，然後在空中打了一個結。

剛硬玻璃斧被柔軟麵線制住，整個戰局大出眾人意料。

橫財更是冷笑。「我以為這小子的斧頭多厲害嚕，原來是紙老虎啊。」

小耗的麵線盡數纏住了玻璃斧，第二波攻勢又來了。

小耗雙手空出，左手往上攤開，一團由靈氣聚合而成的麵團，在掌心出現。

小耗的右手，則從腰後拉出一把菜刀。

琴眼尖，她瞬間想起了陽世時候，她曾見過這樣刀與麵團的組合。

「小心，這是刀削麵。」

刀削麵？

小才尚未會意，那小耗的菜刀已經開始快速的，來回切動麵團，只見一刀落，就是一片薄薄的麵皮射出。

一刀接著一刀，快到目不暇給，而射出來的麵皮，更是如機關槍掃射出來的子彈，既快又猛，直朝小才而來。

這薄麵皮威力驚人，打中附近的攤位，竟將整個招牌穿出一個大洞，陰魂小販們抱頭鼠竄，紛紛走避。

見到小才危險，琴幾乎要站起，她擔憂的看向小傑，「不救嗎？」

小傑卻搖了搖頭，「小才，實力未出。」

琴還要說話，卻聽到遠處小才的大笑，「不愧是我弟，果然了解啊。」

說完，小才的另外一隻手，出現了水晶般的亮光，正是第二把斧頭。

巨大的玻璃斧。

「小技巧，給我退散！」小才大斧橫空一揮，光憑那強大的風壓，竟將如機關子彈般的麵皮，盡數打了回去。

漫天麵皮回衝，達達達銳利聲響中，逼得小耗狼狽後退。

這時，小才發動了第二波攻勢。

他那被麵線纏住的小斧頭，崩的一聲，在斧面產生一絲裂痕，然後裂痕越來越大，最後整支斧頭，竟然整個破碎。

亮晶晶的玻璃碎片，佈滿了小才的手心，更順利的擺脫了麵線的糾纏。

「斧頭，破掉了？」琴愣住。

「玻璃，原本就是易碎品啊。」小才在遠處笑著解釋，「它也許不及黑刀那樣鋼韌，卻是擁有更多變化的武器，這也是我選擇玻璃作為材質的原因啊。」

「喔。」琴忽然想起，莫言曾說過，技必須搭配使用者的性格，才能發揮最大的威力，這麼說來，小才的玻璃斧，也像是他的性格，多變、顯眼，卻又難免猖狂。

而黑刀則像是小傑的性格，果斷、剛硬，卻少了那麼一點變化。

遠處，小才的玻璃盡碎，不但不往四面八方飛散，反而盤桓在小才的手中，然後再化成銀亮的軟沙，重新熔聚。

小耗見狀，似乎知道小才的猛招即將來臨，他牙一咬，雙手快速交錯，開始轉動麵線，麵線越轉越快，最後已經成為陀螺大小。

「去。」小才手中的銀沙，已經熔鑄完成一把斧頭。

接著，斧頭脫手。

銀亮的小斧，在空中快速旋轉，狀似一完美圓圈，衝向小耗。

小耗拚命聚集手上的麵條，每轉一圈，麵條就疊厚一層，當他終於疊成籃球大小。

這時，斧頭來了。

「擋住！」小耗滿頭大汗，大吼。「給我擋住啊！」

啵的一聲，斧頭已經陷入了那疊麵線之中。

這次的斧頭，經過小才的重新熔製，比以往更銳利，而斧刃的部分，更加入了專門切軟物的鋸齒。

只見被鋸斷的麵條，四處飛散，而玻璃斧每轉一圈，就越陷越深，越切越深。

終於，小斧頭轉完了數十圈後，而所有的麵線，都被這一斧給硬生生的切開。

「完蛋。」小耗閉上了眼，他的技源自於一輩子在美食中打滾的父親，而此刻，他絕招已然耗盡。

斧頭太厲害。

無論來者是誰，絕對不只是乙等星的程度，絕對是等級五的高手。

小耗知道，自己不是對手。

而就在他閉目等待，那斧頭劃下他腦門的瞬間，他聽到耳邊，傳來了兩聲高喝。

「住手！」

一個男子蒼老的聲音，是父親。

而另一個聲音聲線高，屬於年輕的女子，小耗睜開眼，看到了那個阻止斧頭的女人。

長髮，高挑，是一個冷豔型的中等美女。

「琴姊。」而小才一手握住了小斧，他邪邪的笑。「當然會住手，別擔心啦，我可沒那麼衝動。」

小耗嚇得一屁股坐在地上，包袱內的木頭肉石，則從包袱中滾了出來。

原本垂頭喪氣的天廚星冷山饌見狀，忽然呼喝起來，「所有人，馬上離開夜市。」

「啊？」琴看著他，臉露不解。

「小寶夜市可是打鬥的禁制區。」冷山饌吼著，匆忙的收起了所有的鍋碗瓢盆。「再過十分鐘，警察就會到了！」

5.2 天廚的病

陰界的夜市。

一聲快走，天廚星和大耗小耗兩人，快速且井然有序的收拾所有物品，所有重物落到大耗肩上，而小耗則專收小瓶小罐，最後離開的，則是天廚星。

他們快速潛入人群，只有琴在離開的時候，意外的停下腳步，眼神凝向遠方。「那裡是什麼？」

「哪裡？」小才遙望琴的眼神的方向。「啊，那好像是一棟陽世的商業大樓，最近好像才有大型械鬥。」

「有風。」琴瞇起眼睛，注視著夜市中不斷翻湧的人群。

「風？」小傑微微一愣。

「是啊，那個方向，好像有一股我認識的風。」

「嗯。」小傑沉吟了幾秒，輕輕的說：「時間不多了，琴姊。」

「好，走吧。」琴微笑，隨著人群往外散去。

而她背後的小傑，卻在此刻，面露深思。

「風……陰界中的靈氣流動，的確就像是風，但那只有擁有特殊潛能的人才能察覺。」小傑心中暗想，「但是感受到熟悉的風……除非是遇到與琴姊有重大關連的人？」

想到這裡，心思細膩的小傑，不禁吸了一口涼氣。

「二十九年了，難道除了琴姊，消失已久的『他』，也跟著回來了嗎？」

而當琴等人退出了夜市，政府的人馬，在過了七分三十四秒的時候，也正式抵達了美食部的攤位。

所有的攤販，現場就算有上萬名陰魂，卻是一片肅殺與死寂。

因為這次來的警察，竟然超過五十人。

其中，還不乏肩上繡著星星的高階警察。

會這麼勞師動眾的可能性只有一個，那就是有大人物要親臨。

只見那五十名警察忽然像潮水般往後退，空出一大塊空地，而空地的中央，兩名身著西裝的男人，緩步而出。

這兩男人一穿全黑，一穿全白，似曾相識，竟是曾經要攔殺琴的「黑白無常」。

「有人在夜市戰鬥？」白無常聲音尖細，雙手負在背後，冷冷的說。「是嗎？冠帶星？」

「是。」警察當中，一名肩上掛著一星的男子，躬身答道。「按照目擊證人指出，戰鬥者共有兩人，其中之一所使的技，是空手拉麵條，應該是丙級星小耗。」

「丙級星？也是一百零八星之一啊。」白無常語氣冰冷，彷彿和他說話的，並不是一個人，而是一條狗。「那他的對手是誰？」

「不明。」冠帶說，「不過看他使用的玻璃斧，以及破去小耗的手法，推測他應該是危險等級高達五，被通緝的　　」

「地空星。」白無常原本面無表情的臉，忽然慢慢獰笑。「小才。」

「啊，您已經知道了？」

「終於出現了啊。」白無常獰笑，轉頭看向黑無常，矮胖型的黑無常，也露出同樣的笑容。

「是。」冠帶低頭。

「冠帶，給我聽著，召集警察四大部『駐警、巡警、刑警、特警』。」白無常說，「我要他們，全部給我追這條線，把地空星給找出來。」

「召集四大部？」冠帶一愣。「確定要召集四大部？」

要知道，控制整個陰界的警察系統，就分為這四大部。

「駐警」專司定點駐紮，供給人們報案之後出勤，也是警察人數最多的一個部門。主管駐警者，是一星警司，也是「冠帶」。

而「巡警」人數略少於駐警，專司陰界的不定點巡邏，他們會潛伏在各種地點等待陰魂落網，更是讓整個陰界陷入白色恐怖的最大推手。主導者是二星警司，丙級星，人稱「截路」。

接下來是「刑警」，人數更少，也是整個警部的菁英集團，他們專辦棘手或重大案件，他的權限大於巡警與駐警，無須駐點或是巡邏，幾乎所有的陰魂都聞刑警而色變。領導者是三星警司，「天刑」。

最後，人數極少，甚至無人知道正確數目的「特警」，專辦不能見光的特殊案件，許多陰界政府的暗中調查，或是暗殺任務，都是特警執行，而隨著貪狼執掌警部，特警已經逐漸淪為貪狼的私人部隊。

特警的頭目，是四星的「天魁」，甲級星，危險等級高達六，下面還有乙級星的「封誥」，與丙級星的「博士」等人，陣容之堅強，堪稱一代雄師。

掌握警察系統，更讓貪狼在政府「六王魂」中的地位穩如泰山。

「四大部都要出動？連特警也要嗎？」冠帶一星遲疑了一會，決定再確定一次白無常的指令。

「我的命令，你質疑嗎？」白無常聲音冷漠，話中卻充滿令人不寒而慄的威嚴。

「不敢！」冠帶一星急忙跪下。

「也許你會質疑，地空星小才，危險等級不過五而已，何必動用到所有的警力？但是你不知道……」白無常陰惻惻的笑，「小才與他的兄弟小傑，此時此刻，正在保護著誰？」

「是。」

「只要逮到那個人，無論是對政府，或對黑幫，甚至整個陰界，都是深遠無比的影響啊。」

「是。」冠帶低著頭，語氣顫抖。

他內心想著，那個人究竟是誰？

難道……是十四主星的級數嗎？

逃離。

琴等人逃離了人群熙攘的夜市，來到了天廚星的小屋。

說是小屋，還不如說是一台可以活動的快餐車，在可以移動的卡車車廂裡，裝上一塊鐵皮搭成的屋子，屋內應有盡有，食衣住行，還有數目驚人的廚具，光刀子，大大小小不同種類，就有三、四十種。

還有許多琴連名字都叫不出來的廚具，看得她是眼花撩亂。

「幸好，多數人都痛恨政府。」天廚順手整理出可以讓琴等人坐下的位子。「我們逃出來，短時間內，應該不會有人向政府通報，我們還有一些時間。」

「嗯，天廚，你應該知道，我們來的目的。」小才率先開口了。

「我看到這位小姐，我就猜到了。」天廚嘆了一口氣。「你們，是為了二十九年前的武曲而來。」

「太好了。」眾人互看了彼此一眼。「你果然知道武曲。」

孟婆給的線索，果然是有用的，那盤「聖．黃金炒飯」，果然與天廚有關。

「那盤黃金炒飯，的確是我和武曲共同完成的，只是很抱歉，我必須告訴你們。」天廚苦笑。「現在的我，幫不了你們。」

「啊？」眾人低呼。「為什麼？」

「因為我生病了。」天廚比著自己的舌頭，表情哀戚，「我的味覺，在兩年前，就消失了。」

「生病？」琴低呼。

忽然她想起了，在夜市的時候，小耗以肉石詐騙古玩區的小販，就是以「父親重病」為理由，博得大家的同情。

想到這裡，琴的眼神看向小耗，小耗彷彿察覺到琴眼神中的疑問，青澀的臉龐微微一紅，轉頭別開。

「這兩年，我的味覺消失，更是苦了我的孩子和徒弟，他們找遍各種藥方，要替我治病，偏偏我舌頭的味覺，就是不肯醒過來。」天廚嘆氣。

「哼，不過是味覺而已嚕。」橫財哼的一聲，頗不以為然。「怎麼搞得像是絕症？」

「不，你不能了解，我本命天廚星，美食一直以來就像是我的生命，也是我在陰界這百年歲月，唯一的生存意義，如今失去了它，我已經和死掉沒兩樣了。」

「唯一的生存意義？天廚先生，您手借我一下。」忽然，小傑伸出手，按住了天廚的手腕。

「嗯？」天廚看著小傑。

「所謂的陰魂，其實並沒有實體軀殼，只是能量集合。」小傑不愛說話，難得多說了幾句。「雖說只是喪失味覺，可是因為失去了生命意義，您的能量的確微弱，再這樣下去，能量消散，陰魂死亡，恐怕是不遠的事情。」

「呼，是啊。」天廚看著眾人，「老夫身懷重病，恐怕幫不了各位。」

見到天廚如此消極態度，眾人不禁沉默。

而琴打起精神，繼續問道：「那您可以和我說……當年，您和武曲星　　究竟是為了什麼，而煮出這盤炒飯？」

「妳當真要問？」

「當然是真的。」

「女孩。」天廚冷山饌蒼老的臉龐，透露著一絲不忍。「妳可有想過，當妳逐漸找回武曲記憶的代價？」

「代價？」

「武曲，十四大主星之一，危險等級九，當年接手十字幫的幫主，在她統治下，更將十字幫推入三大黑幫的頂峰，而她同時被政府以最高價十億元懸賞，名氣之大，更引來無數人的覬覦與追殺，這樣的命運，讓她失去了很多。」

天廚冷山饌深深看著琴，「妳一旦找回了她的記憶，甚至證明妳就是她，妳就必須承受她當年的一切，無論是快樂，或者是，曾讓她離開這裡的……悲傷。」

琴睜著眼睛，眨也不眨的看著天廚。

她不是沒有想過，天廚說過的這些話。

找回武曲的記憶，就等於要讓她去繼承武曲的一切，而這一切，可能非常非常的沉重。

可是，她從莫言，從小傑與小才，甚至孟婆的口中，慢慢拼湊出武曲的模樣。

也許世人的眼中，武曲是一個橫霸天下的女強人，但是在琴的眼中，卻是一個很任性，很認真，老是擔心別人的笨女孩。

這樣的女孩，琴不僅要找回她的記憶，更要幫助她，找到解決的辦法。

就像是幫助她自己一樣。

「嗯，天廚先生。」琴看著天廚，眼神堅定。「是的，我確定。」

「那好。」天廚嘆氣，「也許我所知道的，只是一部分的武曲，但是我還是把這部分告訴妳吧。」

「嗯。」

「我與武曲相遇，是在二九，三十　是的，三十一年前，那時候，三大黑幫與政府的五次談判破裂，雙方終於動手，整個陰界陷入戰火的恐懼之中　而那時的我，仍不定時的受紫微閻帝邀請，烹調食物。」

天廚數著指頭，聲音飄渺，彷彿又回到了三十年前的那個時候。

他永遠記得，廚房飄著裊裊的濃湯煙霧，然後門被推開，突然一個女孩，出現在他的面前。

5.3 夜半時候的神祕女孩

三十一年前，天廚冷山饌擔任國宴餐廳的主廚，他雙手如神，又誠懇認真，調製出一道又一道傳奇料理。

後來更在政府有意無意的宣傳下，他成為陰界最有名的大廚。

天廚星的名號，堪稱威名遠播。

不過，對他來說，人生最大的轉捩點，卻是那個晚上，那個遇到武曲的晚上。

時間已經超過晚上十點，無論是客人或是其餘的廚師都已經下班，廚房中，剩下他一個人。

他正在熬湯。

一碗好的湯，必須從前一晚開始以文火慢燉，這是他進入陰界美食界以來，數十年來不變的堅持。

他說，無論哪一種食物，都可以快。

唯獨湯，必須慢慢燉，慢慢讓每種食材在水的世界裡面融合，才能燉出讓人們感動的好湯。

一個好廚師，就像是一碗好湯。

而就在他將湯處理好，準備離開廚房之際，門，卻在這時候被人給推開了。

來者，竟是一個陌生的年輕女孩。

『妳是誰？』天廚愣住，他拿湯的勺子，舉在半空中。

『我是一個很餓的人。』女孩淺淺一笑，『一個聞到了湯的香氣，所以越來越餓的人。』

『喔。』天廚看了幾眼那女孩，他想起最近政府和黑幫火拼正盛，也許她也是其中一方的戰士吧。

不過，這裡可是政府內部的御用廚房，她又是怎麼進來的？如此明目張膽，難道不會引來戒備森嚴的六王魂部隊注意？

『我，可以要一碗湯來喝嗎？』女孩靠在門邊，輕聲的問。『你不會拒絕一個受到香氣吸引的客人吧？』

天廚遲疑了一會，然後點頭，從湯鍋裡面舀出一大碗熱湯，遞到了女孩面前。

女孩一笑，接過碗，喝了一口。

然後女孩笑了，慢慢喝乾後，把碗端還給了廚師。

她的表情只是微笑，不說好也不說不好，卻吊足了天廚的胃口，忍不住問：『好喝嗎？』

『好喝啊。』她點頭。『是我喝過最完整的湯。』

『完整？』

『是啊，我不太懂美食，但是很完整，一碗羅宋湯中該有的東西，您都準備到了，火候、濃度、配菜，都很完美。』女孩笑著說。

『完美？我不接受這樣的說法。』天廚星發現自己竟然隱隱動怒。『如果我的湯完美，為什麼妳的表情絲毫沒有變動？必定還有缺陷吧，請指出來。』

『我並不討厭啊，只不過，我喝過比這更好喝的湯罷了。』

『妳喝過……』天廚用力睜大眼。『比這更好的湯，是哪一位美食家……』

『什麼美食家？他不是啦，他的湯沒有比你完整，更別提什麼濃度配菜，都是亂來的，只是他的湯，多了一點東西。』女孩歪著頭說。

『多了一點東西？』

『若我要說，大概是　他的湯不寂寞吧。』

『不，不寂寞？』天廚睜大眼睛，他懷疑這女孩瘋了，但是她認真的表情，又似乎不像是在開玩笑。

『你的湯，很完整，但是就是寂寞了點。』女孩笑，『請別怪我的形容詞太特別，我開的是出版社，整天搞文學的啦。』

『啊？』天廚只覺得這女孩好怪。

『對了，我該走了。』女孩對天廚鞠躬，然後揮了揮手，退出門外。『謝謝你的湯啊。』

於是，天廚手上握著勺子，呆呆的看著這女孩揮手離開了廚房，忽然他想起了一個他始終沒問的問題。

這女孩到底是誰？她又是怎麼潛入戒備森嚴的政府裡的呢？

大約又過了四、五天，又是一個類似的深夜，天廚又一個人在廚房內煮湯，廚房的門，又被一隻細嫩的手給推開。

一個熟悉的甜美笑容，從門後露了出來。

『又是妳？』天廚詫異。

其實，這幾天，天廚冷山饌有特別留意政府內部的人，他發現，這女孩並不在這些人之列，這女孩到底打哪來的啊？

『是啊，湯很香，所以我又來拜訪了。』女孩倚在門邊，微笑的說。

『嗯，妳再嚐嚐這次的湯吧。』這次，冷山饌主動從那一大鍋湯中，舀了一碗出來。

同樣香氣四溢，同樣令人食指大動的湯，女孩也同樣一口喝盡。

『怎麼樣？』

『完整。』女孩眯著眼睛微笑。『不過還是有點寂寞。』

『什麼？這次的湯，我用了比以前更精華的料理，熬得更久，煮得更入味，為什麼還是寂寞？』

『我說過，我不懂得美食。』女孩把碗放回了桌上，對天廚冷山饌一鞠躬。『你問我，我也沒辦法給你解答。』

看見女孩又要離去，天廚追問：『等等。』

『怎麼了？』

『妳到底是誰？』天廚看著女孩，『我從未在戒備森嚴的政府裡面看過妳，難道妳是六王魂新進的侍衛？』

『不是，我和六王魂他們不太熟啦。』女孩歪著頭微笑。『我啊，只是一個肚子餓的人，嘻嘻。』

說完，女孩再度閃出了門外，徒留下天廚一人，愣愣的看著自己的湯。

他喃喃自語。

『寂寞？寂寞的湯……究竟是什麼意思？』

下次再遇到那少女，已經是五天後。

連續兩次的『寂寞』評語，讓天廚更加的奮發圖強。

為什麼這麼在乎這女孩的意見？天廚自己也說不出一個所以然。

他的廚藝明明已經受到陰界的肯定，甚至受封為紫微閻帝的首席御廚，為什麼他會在乎一個來歷不明女孩，與她完全聽不懂的評語呢？

天廚把湯調得更濃，味道更純，終於，等到了這女孩的到來。

她同樣喝了一碗湯，同樣認真的表達意見。

『完整，但還是寂寞。』女孩咂了咂嘴，微笑。『不過，真的很好喝。』

依舊沒有拿到天廚想要的評價，他又再度精進自己的湯，讓湯越來越純，添加更多大膽的食材，讓味道越來越完美。

就這樣，天廚與那女孩，這神祕的深夜約會，持續了整整三個月，其間女孩有時候四、五天就來一次，有時候隔了兩個禮拜才出現。

不知不覺，天廚發現自己每天開始期待這神祕少女的來臨，而他更發現自己，竟然就像是找回了剛開始學習廚藝的自己。

每天，每一刻，都努力思考，如何把一鍋湯煮得更好喝？如何應用新的食材，挑戰新的料理法？

他的努力，更意外的得到了紫微閻帝的讚賞。

那是一場難得的宴會，紫微閻帝難得湊齊了六王魂，七個陰界權力最大的人，全部都在席上。

當吃完了餐點，意外的，天廚，冷山饌，被紫微閻帝召喚了。

不知所以的他，只能懷著忐忑的心，穿過重重的護衛，跪到了閻帝的餐桌前。

『天廚。』閻帝低沉的嗓音，透露著帝王的威嚴。『你可知道，朕找你來，為了何事？』

『不……不知道……』天廚跪在地上，他甚至連抬起頭，看閻帝與六王魂的勇氣都沒有。

『難道，你真的不知道？』閻帝又繼續說。

天廚只覺得渾身冒冷汗，政府權力熏天，眼前七人更是陰界絕世高手，要殺他當真比捏死螞蟻還容易。

難道，他煮的料理出了問題？他為了這一餐，可是費了不少心力，尤其是湯……這湯是被那少女不斷刺激下，千錘百鍊的奇湯啊。

難道，這湯玩過了頭，惹來閻帝不高興？

天廚左思右想，都想不出一個理由，只覺得背部越來越濕，政府管理陰界的酷刑手段，他聽過很多，尤其是陰魂不易死，這種罪受下來，恐怕是百年以上。

『不……不知道……小人……想……想不出來……』天廚怕得聲音結結巴巴。

這時，天廚卻聽到一個悅耳的女子聲音，從旁介入，『閻帝啊，你幹嘛捉弄老實人，別怕，我天同的孟婆給你依靠。』

天同星，孟婆？傳說中整個陰界第二長壽的人？

天廚微微抬起頭，用眼睛偷瞄了孟婆一眼，發現她有著一頭純淨的銀髮，眼睛閉著，似乎已盲，但是渾身散發出一股溫柔的氣，讓人感到好舒服。

『呵呵，孟婆啊，閻帝難得捉弄一下別人，這表示閻帝心情真的很好。』一個尖銳的聲音開口。『妳就不要這麼嚴肅了嘛。』

天廚用眼神瞄了那聲音的主人一眼，黑白兩色鮮明的西裝，難道他就是傳說中掌管整個陰界警察系統的貪狼星，「黑白無常」？

『好，有人嫌我太嚴肅，那我就輕鬆一點。』這時，閻帝開口，他的語氣果然放柔。『天廚，朕找你來，原因只有一個。』

『嗯。』

『那就是你的湯。』

『我的湯？』天廚一愣，果然是湯出問題嗎？

『你當朕的御廚也快一百年了吧，這次……卻是朕喝過，最好的湯！』紫微眼睛笑瞇了。『朕想知道，你到底做了什麼？』

『做了什麼……？』天廚一愣，他做了什麼？這些日子以來，他唯一做的事，就是挑戰那神祕女孩的味蕾，為了證明自己的湯『不寂寞』而已啊。

『是啊，連不愛美食的我，都覺得這湯不賴。』一旁，另一個高亢的聲音傳了出來。紅光滿面，氣色飽滿，一看就知道是富貴之相。

這人，正是掌握陰界財經的六王魂之一，『天府』白金老人。

『若是找些會冷凍，或是真空包裝的高手，將這碗湯給好好包裝起來，大量生產，將來肯定能大發利市，呵呵。』白金老人笑著說，『我連名字都想好了，就叫做「彈指神湯」吧，只要一彈指，湯就可以喝了。』

『白金老人，你別老是急著發表賺錢高見。』這時，一個好聽的女音傳進了天廚的耳朵，這聲音清亮悅耳，溫柔中又帶點剛強。『天廚可都還沒說話。』

『是啊是啊，忘記了忘記了，每次提到我的賺錢點子就忘了我。呵呵。』白金老人隨和的大笑。『多謝太陰星妹妹提醒。』

太陰？天廚想起，六王魂中，有美女獸皇之稱的太陰，本名月柔，外表美麗溫柔，但是剛強性格卻一點都不讓鬚眉。

她與孟婆，是六王魂中唯一的兩位女性。

『我想，太陰妹是擔心，這湯中若是用了保育類的陰獸當材料，會不開心。』這時，坐在紫微閻帝左邊，始終微笑拿著扇子的中年男子開口了。『天廚，你還記得我嗎？我是天機，無用。』

天廚拚命點頭，他當然記得天機，這位學貫天文地理的男子，終日在政府的大書庫中窩著。

但是秀才不出門能知天下事，包括《陰獸綱目》與《紫微一百零八星》這兩本書，都是天機整理出來的。

這些典籍，更是後來架構陰界世界的重要資料。

他外表又瘦又乾，宛如窮酸書生，若不是天廚曾多次見過他，也不會知道他竟是堂堂六王魂之一。

而短短的數分鐘內，從紫微閻帝到王魂都已經說過了話，唯獨一人，始終沉默。

他坐在閻帝的右邊，一身文官服飾，但身材卻粗壯宛如巨塔，面容嚴肅方正，眼神深邃讓人無法看透。

他，是六王魂中，擔任紫微閻帝最重要的左右手──『天相星』岳老。

岳老，危險等級高達九，一身道行深不可測，六王魂中，只有他的功力能壓制貪狼『黑白無常』。

『鬧了半天，結果，天廚，你的湯究竟為什麼變得美味了？』天同孟婆問。

『我想……』天廚低著頭，慢慢的說著，『是因為湯，比較不寂寞了吧。』

『湯，不寂寞？』眾人同時愣住，白金老頭更是呵呵笑了兩聲，『湯哪來的寂寞不寂寞？寂寞又不是辣椒或是鹽巴……』

『曾經，有一個人喝過了我的湯，她對我說，我的湯很完整，卻不免寂寞。』天廚想起了那神祕的女孩，說著。『於是，為了挑戰她的味蕾，我將湯不斷的改進。』

『呵呵，真是有趣。』紫微閻帝不以為然，大笑。『因為一個人的無聊話，讓你不斷把湯改進，有趣！有趣！』

『無聊話嗎？』天廚苦笑，他自己也不能分辨，究竟那神祕少女的『好寂寞的湯』，是真心的品味，還是一句無聊話。

不過就當大家大笑的同時，席間，卻有一人表情慎重，彷彿若有所思。

『天廚，你說那神祕人是誰？』天相岳老眼神深邃，彷彿就要把天廚星整個看透。

『她是一個女孩。』天廚感到自己心臟一跳。『但我也不知道她是誰。』

『女孩？』天相岳老沉吟，眼神閃爍。『但你也不知道她是誰啊　』

天相並沒有再追問下去，但天廚卻感覺到，這個深沉的男人，似乎已經猜到了什麼。而當天廚轉頭，他更發現，那個坐在紫微另一邊，向來嘻嘻哈哈的窮酸書生，天機無用，眼睛瞇起，表情也微微的改變了。

天機無用，這個被人稱為『陰界第一聰明的傻子』，難道他也猜到了什麼？

只是，整個宴席，卻再也沒有人提起湯的事，天廚更在紫微閻帝賞下寶物『好悶好悶，燜燒鍋』後，退離了宴會場地。

只是那一晚，女孩又來了。

喝下了湯，女孩閉上眼睛，良久不說話。

終於，她睜開眼睛，開口了。

『天廚先生，你的湯，有進步了喔。』

『是嗎？』天廚的臉龐，忍不住揚起笑意。『比較不寂寞了？』

『是，雖然還有很大的距離，不過的確比較好了。』女孩說著說著，卻沉默下來。

天廚發現，今晚的神祕女孩，表情裡多了幾分複雜的情緒。

『天廚先生，如果有一天，我把五樣很奇怪的食材給你，你可以幫我煮成一道好吃的料理嗎？』女孩沒頭沒腦的，提出了這個需求。

『啊？』天廚皺眉，『那要看是什麼東西，不過，一般來說，要整合一些特殊食材，炒飯是最佳選擇。』

『炒飯啊。』女孩笑，『對啊，聽說陽世很多媽媽，都會把前一晚冰箱吃剩的東西炒成炒飯，不但經濟又美味。你好聰明喔，那就炒飯吧。』

『嗯。為什麼這樣問？』天廚看著女孩，他老是覺得，今晚的女孩不太一樣，她的心裡有事，彷彿下定決心，要去做一件重大的事情。

『我只是想請你幫忙，如果有這麼一天，我拿五樣食材給你，你願意幫我炒成炒飯嗎？』

『嗯？』

『拜託。』女孩雙手合十，表情哀求。

『好啦。』天廚嘆了一口氣，點頭。

他也不知道向來高傲孤寂的自己，為什麼會答應這件事，也許他想要和女孩說聲謝謝，因為這些晚上，女孩讓他一個人煮湯後，不再寂寞，更讓他找回對料理的熱情。

『太好了。』女孩笑。

『不過我有個條件。』天廚看著女孩，『那五樣食材可不能太普通，不然就太無聊了。』

『一定。』女孩用力點頭，伸出她的小指頭，『打勾勾。』

『打勾勾。』天廚一愣，才伸出指頭，回應她這個小女孩的舉動。

『這五樣食材的確要難一點……』女孩看著自己和天廚勾在一起的小指，彷彿自言自語。『不然，如果太容易被破解，就太危險了。』

『啊？破解？危險？』天廚不解的看著女孩。

『沒事，嘻嘻，』女孩嘻嘻一笑。『沒事，當我沒說吧。』

『嗯。』

『謝謝你今晚的湯。』說完，女孩退出了門外，對天廚深深一鞠躬。『謝謝。』

天廚並沒有目送女孩離去，他只是專注的調理著自己的湯。

所以他沒有看到，女孩臉上，那一閃而過的悲傷笑容。

§

那晚，天廚感到心情特別的浮躁。

他一邊不斷攪動著湯，一邊回想起女孩第一次出現的晚上，那句讓他不服氣的話，『這湯實在太寂寞』。

第二次的試喝，第三次的試喝，第四次的試喝　　轉眼，也將近二十次的試喝，每個女孩來的晚上，兩人的對話始終很少。

但這短短的十幾分鐘，卻變成天廚最期待的時光。

原本只是一場無聊的賭氣之爭，卻讓天廚的廚藝跨到了一個他從未想過的層次，甚至受到紫微閣帝的特別召見。

天廚幾乎要忘記，自己上次被紫微閣帝召見，稱讚食物美味，是多久以前的事情了？

在天廚心中，這女孩已經是他的忘年之交。

攪拌著湯，天廚慢慢的想著。

而就在天廚沉浸在回憶中時，忽然，他聽到了一聲很沉很沉的悶響。

悶響並不響亮，但是隱含的力量，竟讓巨大政府建築物微微晃動了一下。

包括天廚面前的這大鍋湯，差點因為這聲悶響，而整個潑灑出去。

『怎麼回事？』天廚皺眉，側頭聽著。『剛剛是什麼？地震嗎？陰界會地震嗎？』

而悶響之後，夜晚卻又回到了原先的平靜。

天廚等了足足十分鐘，確定沒有動靜之後，才聳了聳肩，繼續拿起勺子攪動他的湯。

可是就在此刻，第二聲悶響又來了。

這悶響不似第一聲如此充滿威能，反而輕輕薄薄的，像是一串數十枚煙火在遠處爆開。隱約，卻又不明確。

天廚放下了勺子，向來平靜森嚴的政府內部，怎麼會發出這樣的聲音？

難道，政府內部，出了什麼事？

但經過了這兩次的悶響後，空氣中卻再也沒有任何怪異的聲音，一切，又回到了一片寂靜。

只有鍋子裡的湯，沸騰時發出咕嚕咕嚕的聲音而已。

『剛剛的聲音，究竟是？』天廚開始懷疑自己的聽覺，然後，下一個聲音，卻直接從他的背後傳來。

砰！

他一驚，急忙轉身，卻意外的看到一個人。

一個他做夢都沒想到，會出現在這裡的人。

岳老。

他推開廚房的門，表情依舊冷酷，他看著天廚，冷冷問了一句話。

『這裡，只有你嗎？』

『是。』天廚不自覺的往後退了一步，因為天相的霸氣太重，重到以他乙等星的命格，都完全承受不住。

『嗯。』天相點了點頭，似乎相信了天廚的話，然後他邁步向前，走到了那鍋湯的旁邊。『你在燉湯？』

『是。』天廚低頭。

『每晚，你都燉湯？』

『是。』天廚語氣顫抖，『每晚，因為湯要好喝，必須要前一天晚上以文火將材料慢煮，方能入味。』

『每天的晚上，以文火慢煮啊。』天相嘴角揚起一個難以察覺的笑容。『沒錯，只有耐心等待，才能成就大事。』

『嗯？成就大事？』天廚不解的看著天相。

而天相卻沒有多做解釋，他轉身，伸手推開廚房大門，只在離去前留下一句話，『有遇到任何可疑人物，通知我。』

可疑人物？難道和那兩聲悶響有關。

忽然，砰的一聲，他背後的廚房門，再度被人撞開。

天廚轉頭，他的第一眼，卻沒看到任何人，直到他的眼神下移，才發現，有個人正滿身是血的躺在門邊。

烏黑的長髮，瘦長卻纖細的女孩身軀，像是一隻蝦子般蜷曲在門邊。

天廚嚇了一跳，因為他發現，這個女孩，他見過。

那個說湯很寂寞的神祕女孩。

『啊？』天廚往前抱起了那女孩，女孩的體溫還在，她還活著。

『天廚，』女孩睜開了眼睛，一雙大眼睛在滿是血污的臉上，顯得深黑而明亮。

『嗯，怎麼了？妳怎麼都是血？』天廚語氣擔憂。

『我……』女孩看著天廚，發白的嘴唇顫動。『我　　』

『怎麼？』

『好餓，』女孩蒼白的臉，看向那鍋正在煮的湯，露出一個虛弱但調皮的微笑。『我想喝湯。』

『喝湯？』

『是，你不會拒絕一個因為湯的香氣，而肚子餓的客人吧？』琴用細微的聲音說。

『唉，真拿妳沒辦法。』天廚嘆氣，他起身拿出勺子，舀出了一碗熱騰騰的湯。

天廚扶著女孩的頭，讓她一點一點把這碗湯喝完。

當那碗湯已經見底，女孩閉上眼睛，重重的吐出一口氣，慢慢的說：『好喝。』

『很完整的好喝？』

『不是。』女孩睜開眼睛，笑了，滿是血污的臉，此刻笑起來卻是充滿陽光。『是不寂寞的好喝。』

『啊，所以……我的湯，不寂寞了？』

女孩喝完了湯，搖搖晃晃的起身，朝著門口走去，『以前，你的湯很寂寞，是因為你總是一個人煮湯……吃東西，還是要和朋友一起才好！煮東西，還是要想著要為誰而煮，才會好吃。』

吃東西，要和朋友一起才好？

而煮東西，則是要想著為誰而煮，才會好吃？

天廚愣愣的想著，是啊，他為什麼從來沒想過這層道理，這些日子以來他之所以進步，就是因為他是為了女孩這個忘年之交，費盡心力煮湯的關係。

因為全心為某人著想，才會煮出一鍋真正貼心且不寂寞的湯。

『等等。』天廚看著女孩艱難的往門外走去。『妳傷得很重，不該隨便移動。』

『謝謝你的湯。』琴轉頭微笑，語氣卻異常堅定。『但我非走不可。』

天廚看著這神祕女孩，戒備森嚴的政府發生巨大悶響，天相親自搜索，而這女孩也同時重傷的出現在這裡，這之間絕對有關連。

天廚明白，這女孩絕非普通人，她要走，自己絕對攔不住。

『是嗎……可以和我說，妳究竟是誰嗎？』天廚看著女孩。

『我是誰？』女孩看著天廚，『為什麼想知道？』

『我只是想知道，那個常常喝我湯的朋友，究竟叫什麼名字？』天廚看著女孩，向來嚴肅的臉，是比誰都還要真摯的表情。

這並不是好奇，更不是因為想要通報給天相的貪婪，而是一種朋友的問候。一種老友間的真摯語氣。

『呵呵。』女孩嫣然一笑。『我啊，就是你們政府懸賞榜上，懸賞十億的大壞蛋，武曲。』

武曲。

天廚身體一顫，武曲，危險等級九，黑幫十字幫中的大姊頭，她手握重兵，武力驚人，是足以威脅政府的霸者角色。

沒想到，外表看起來，竟是一個調皮任性的二十歲女孩。

『啊，妳就是武曲！』

『是啊，記住我們的約定喔。』武曲伸出了自己的小指。『如果有一天，我拿了五樣材料給你，你一定要幫我炒成一盤炒飯。』

『嗯。』天廚也伸出了自己的小指。『我答應妳。』

『謝謝你。』武曲微笑，這微笑卻異常的悲傷。『雖然，我衷心的希望，我永遠不要把這五項材料拿給你。』

『嗯。』天廚不懂，但是他知道，面對武曲這個朋友，不用問太多，因為他遲早會知道的。

當晚，天廚目送著武曲推門而去，她纖細高瘦的背影，消失在門的後面。

而那一次，卻是天廚在陰界，最後一次看到這女孩。

武曲，這個神祕而任性的女孩。

5.4 武曲留下的祕密

時間回到現在，在天廚老人「冷山饌」的快餐車裡頭。

琴等人聽完了武曲的故事，琴問了第一個問題。

「那後來，武曲有拿五樣材料給你嗎？」

「有。」天廚閉上了眼睛，額頭上的皺紋，清楚浮現。「她託人拿來的，五樣超乎想像的食材，整整齊齊的擺在我的面前。」

「哪五樣？」琴問。

「那是一包米，一顆高麗菜，一打蛋，半罐橄欖油，還有一盤冷凍過的絞肉。」

「啊？這五樣，聽起來很普通啊。」眾人眼神交會，皆在對方眼中，發現共同的疑惑。

「米、高麗菜、蛋、橄欖油，還有絞肉，這是炒飯裡面很普通的材料啊。」

「是嗎？」天廚淡淡一笑，「當時我也這樣以為，直到我拿起了高麗菜　　」

「怎麼？」

「很重。」天廚看著自己的手掌，微微發抖的掌心，彷彿仍握著那顆高麗菜。「重到我差點拿不起來。」

「很重的高麗菜？」這時，擎羊和橫財交換了一個眼神，以他們對「寶物」敏銳的直覺，一聽就知道，這高麗菜絕非凡物。

「高麗菜重得誇張，其餘材料則各有各的怪。」天廚說，「表示這些都不是凡品，甚至超過了我們對這些材料的基本認識。」

「嗯，果然是武曲送來的東西，果然充滿祕密與故事。」小才在一旁悄悄的說，語氣中有著些許的得意。

我們十字幫的大姊頭，怎麼可能拿太簡單的東西？

「之後，你們應該就知道了。」天廚說，「我花了一個月，終於找到將這五樣材料合而為一的方法，炒出了我今生的代表作『聖．黃金炒飯』，這炒飯，品嚐過的人不多，天同孟婆剛好就是其中一個。」

「聖．黃金炒飯，我倒也聽過，曾有人花了五百萬要我偷出其中的配方。」莫言沉吟。

「那你為什麼要離開政府嘿？」

「因為那碗湯，我知道自己廚藝的缺陷在哪？我總是一個人孤單的調料，一個人孤單的烹飪，美食不該是一條孤單的道路，所以我離開了政府，尋找全新的美食之道。」天廚微笑。「就像是武曲曾說的……『吃東西，還是要和朋友一起，煮東西，還是要想著要為誰而煮，才會好吃。』不是嗎？」

「原來如此。」眾人似懂非懂的點頭。

「嗯，不過，唉。」天廚說到這裡，欲言又止。「政府變了，紫微閻帝也變了，也許也是一部分的原因吧。」

「那我還有一個問題。」小才舉手。「天廚先生，你就算失去味覺，為什麼不能幫我們？」

「聖．黃金炒飯中的五項材料，每樣都是奇特無比，武曲沒留下半點來源資訊，唯一能確認它們真假的，就只剩下我的味覺而已。」天廚苦笑。「我沒了味覺，等於無法幫你們了。」

「嗯。」眾人聽到天廚這樣說，都不禁沉默下來。「沒有味覺，就麻煩了……」

「天廚先生，」這時，琴卻開口了。「您說，只要您恢復味覺，就能靠著對味道的記憶，幫我確認武曲的五樣材料，對吧？」

「是的。」天廚點頭。

「所以，很簡單。」琴微笑。「我們只要幫你恢復味覺，不就好了嗎？」

「幫我恢復味覺？妳可知道這兩年以來，我的一兒一徒，為了治療我的味覺，花了多少時間與精力？」天廚苦笑。「妳一句話，幫我恢復味覺，哪有那麼簡單的事情？」

「是沒那麼簡單。」琴深深吸了一口氣，注視著天廚。「但是，天下無難事，只怕有心人，不是嗎？」

「可是……」

「放心，如果我真的是武曲，」琴笑，眼神因自信而灼熱。「我可是一個可以讓湯變得不寂寞的人呢，恢復味覺，又怎麼難得倒我？」

看著琴灼熱的眼神，天廚發現自己繃緊的臉部肌肉，鬆弛了。

他在笑。

笑的原因，是找回了那個晚上，與朋友一起喝「不寂寞」湯的時刻。

這個晚上，琴和眾人是在快餐車上度過的。

天廚因為擔心他們的行蹤被警察盯上，於是叫小耗開車，趁著夜深人靜，他們駛離了固定地點。

而快餐車床鋪與空間不足的問題，則在琴半威脅的逼了莫言之後，輕易獲得解決。

因為，莫言用他的技，打包了好房間回來。

「小女孩嘿。」莫言把收納袋打開的時候，臉色扭曲。「我的技，不是用來裝房間讓大家睡覺的嘿！」

「別這樣嘛。」琴笑。「就當是客房服務啊。」

「哼。」

莫言沒有繼續說話，此刻，在他心中想到的，卻是這女孩心中那個「武曲」似乎正在慢慢的甦醒著。

也是因為那個武曲，才讓任性狂妄的莫言如此心甘情願的去做這些事。

當天晚上，當琴躺在床上，她又想起了那些陽世朋友，只是這次特別的，她想起了小靜。

那個安靜，卻擁有一雙纖細且堅定眼神的學妹。

在琴的記憶中，小靜曾邀請琴一同觀賞她的電視歌唱比賽，琴還考慮要去現場加油。

小靜，小靜，妳現在的比賽，到底比到哪一關了呢？

應該進入三十強了吧。

等到這些事情告一段落，我一定會去替妳加油的。

如果，嘻嘻，妳不介意一隻鬼替妳加油的話。

第六章・破軍

6.1 逃亡

柏與福八兩人被天貴星「龜男」抓走，目的是要套出與破軍相關的寶物，不過就在福八義氣相挺之下，他們避開了鎖鏈女的看守，眼看就要逃出地下室大門。

不過，就在柏拉起大門的同時，他與福八，卻同時大叫起來。

因為在他們眼前的，是一顆拳頭。

疾速揮來的硬拳。

福八頓時愣住，而柏卻認得這拳頭，就是這拳頭，痛到讓他五臟六腑差點倒轉。

「往左！」柏使勁把福八推開，同時間拳頭則以驚險的距離，擦過了柏的右耳，幾滴血，慢慢飛上了天空，然後啪嗒一聲落地。

而拳威未盡，直接轟中了地下室的大門。

鐵鑄的大門，竟然被這拳整個打陷，鐵鏽激飛，足見拳力驚人。

「很會躲嘛。」出拳者，正是在地下室對柏刑求的重考鬱悶男貴一。「竟然躲得掉我的拳頭？」

「這傢伙不知道怎麼搞的，拳頭威力超強。」柏摸著右耳，「小心被他拳頭揍到，會出人命。」

「我知道這傢伙。」福八在柏的後面，微微發抖。「貴部門的一哥，貴一，他是在心體技中，屬於體一派的修煉者，拳力超強，他的技被稱作『一噸的福音』，因為拳力之強，如同一噸重，而且出拳之前，老愛唸阿門，也是他的招牌。」

「果然厲害。」柏吞了一下口水，而眼前重考鬱悶男的拳頭已經從大門中拔了出來，轉身瞪著柏和福八。

「你們比我想的還厲害，竟然可以逃出鎖鏈女的看守。」重考鬱悶男摩擦著拳頭。「但說實在的，我應該感謝你們。」

「喔？」

「因為我已經很久沒有被允許，可以被這麼盡情揮拳啦，阿門。」重考鬱悶男大笑，拳頭再度揮出。

這一秒，柏彷彿看見了一顆能摧毀戰車的巨型穿甲炮，朝著他們正面射來。

火炮。

「怎麼躲？」福八拉住柏，大吼。

「往右後退！」柏大叫，兩人同時往右後方跳去，跌成一團，拳頭沒有擊中，在地上轟出一個大洞。

石屑紛飛，宛如一股衝上天的噴泉，只是噴泉旋即被一顆拳頭撥開。

眼前，重考鬱悶男的一顆拳頭，破出噴泉而來。

「阿門啊。」重考鬱悶男大笑，拳頭揮得既快又急。

摔倒在地上的福八吼，「怎麼躲，菜鳥！」

「左！左！左！」柏咬牙再躲，拳頭落空，地面登時出現一條深達一公尺的拳溝。

拳溝往前綿延，至少十公尺遠。

連續兩拳驚險避開，柏與福八已經被逼入了死角。

而第三拳，卻以遠比他們想像更快的速度猛衝而來。

「怎麼躲？」福八蹲在地上，尖叫。

「沒辦法了。」柏看著那拳，他右拳握緊。「我們已經被這一噸的福音給徹底的逼入了死角。」

這是第一次，柏對於自己的力量，深深感到不足。

就算能看穿敵人攻擊的風又怎樣？柏眼睛大睜，咬牙切齒。

如果不具備反擊和壓制敵人的能力，遲早會被懂得戰術的高手給逼入了避無可避的角落。

陰獸雖強，但真正厲害的還是人類鬼魂，因為他們的攻擊，有腦袋又有戰術，能將敵手完全置於死地。

「沒辦法了嗎？」柏拚命想著，可是卻半點辦法都想不出來。

拳頭已經來了。

「我最愛在致勝拳的時候，頌讚我的主。」重考鬱悶男大笑，「阿門。」

柏睜著眼睛，看著拳頭衝來，忽然間，他發現他的身後，多了一陣風。

一陣強而有力的風。

柏回頭，他看見了一隻腳。

一隻如同大刀的腳，橫空而來。

腳，碰上了拳。

如同大刀砍向了砲彈。

這一秒，彷彿一切都停住。

然後，砲彈震開，大刀顯神威，硬是破了重考鬱悶男的一頓福音。

重考鬱悶男的拳頭被這突如其來的腿勁給回逼，倉皇後退，直退了足足五步，才勉強站定。

「腳刀？」柏在這一剎那，想到了一個人。

一個曾經在體育場內，讓賤龜屈服，甚至差點與天姚虎拳打成平手的藝術家。

「我說過，」那男人聲音清朗，語氣瀟灑。「我欠你一次，我會還你。」

柏笑了，因為他看清楚眼前男人的模樣，他更知道，最強的援軍到了。

「天馬。」柏起身，「你怎麼會來？」

「天福星福哥的行動，在紅樓算是一件大事，我知道你也參與了其中，雖然龜男這傢伙宣稱你們全軍覆沒……」天馬雙眼盯著重考鬱悶男，提防著他的反擊。「但是我卻認為，你這個人不會那麼容易死。」

「是嗎？」柏抓了抓頭髮。「奇怪，你講的話怎麼和福八這麼像？對我那麼有信心？」

「當然，我是何等人物？」天馬一比自己，臭屁的說，「我的眼光可不會錯。」

而就在天馬說話的同時，前方的重考鬱悶男忽然發出狂吼，雙手成拳，揍了過來。

「這是體的技。」天馬往前跨去，右腳抬起，以膝蓋為軸，朝上一踢。

這一踢，不偏不倚，踢中了重考鬱悶男的手腕。

「吼，痛。」重考鬱悶男吃痛狂吼之際，天馬的另外一隻腳也同時橫踢了出去。

這次，踢的是重考鬱悶男的右臉。

咖達一聲，鬱悶男被這一腳踢得橫飛而去，他在空中滾了兩圈，單手撐地，再度站起。

「阿門啊！」鬱悶男吼著，重整攻勢，拳頭化成滿天拳影，撲向天馬。

「這麼多拳，嚇人很有趣嗎？」天馬一笑，一攏藝術家的長髮，右腳已然抬起。「要快，我可不會輸你。」

柏和福八只聽到空氣中爆出密集的「砰砰砰砰砰」的肉體撞擊，天馬的腳，與重考鬱悶男的拳頭，在這瞬間，已經交鋒了超過百次。

而當聲響結束，天馬悠哉的收起右腿，而重考鬱悶男卻已經臉色慘白，握著自己的手，不斷發抖。

「你的手腕被我連續踢中一百六十四次，大概斷掉了吧，記得回去檢查一下。」天馬微笑。

「混……混蛋啊！」重考鬱悶男站起來，舉起剩下的左拳，遲疑幾秒，是否要再度攻擊，可是他終究是退了幾步，轉身就跑。

「太厲害了。」福八用力鼓掌。「天馬，你這新人也大有可為，認識一下，我叫做福八……」

「走。」天馬擊退了重考鬱悶男，表情不但沒有放鬆，反而嚴肅戒備起來。

「啊？」福八不解的看著他。

「走！」天馬忽然動了，提氣高喊。「還有一個更強的敵人在這裡啊。」

說完，眾人突然覺得，地面突然震動起來，一個圓形大土丘從地面不斷升高，升高

然後一隻巨大的烏龜，從地底出現，而烏龜的殼上，就站著那個最可怕的敵人，龜男。

「想逃？」龜男冷笑。「看能不能過我天貴星這一關吧。」

「走。」天馬躍起，右腳前踢，在柏眼中，那把劈斷砲彈的大刀又出現了。

夾著凜冽的刀勁，劈向了那隻大烏龜的頭顱。

「九十九，咱們走！」福八拉起柏，開始死命往前跑。

「可是……」柏回頭看著天馬與烏龜，天馬的腳刀銳利無比，卻沒砍中烏龜，因為牠的頭眨眼間就縮入了殼中。

「放心，你的朋友絕對沒事的。」福八跑著，「我知道他，他現在至少是姚字部最有希望的新人，至少前三號，這樣的戰鬥機器，絕對不會有事的。」

「嗯。」柏再度回頭。

看見天馬施展了一次迴旋踢，這次直接踢中了龜殼。

而龜殼四周伸出了利刃，接著開始旋轉，越轉越快，越轉越快

到後來，已經變成一塊無堅不摧的鋒利齒輪。

「走啦。」福八拉著柏往前跑，而柏最後一次回頭，他見到了天馬躲開了齒輪突襲，衣服卻已經破碎。

他半蹲在地上，狀極狼狽，但他的嘴角，卻依然隱然微笑。

那就像是面對天姚虎拳，卻依然不卑不亢的微笑。

於是，柏離開了現場，因為他相信，天馬絕對不是一個普通魂魄。

這樣的魂魄，絕對不會死在這裡。

而他也相信，這一次，絕對不會是他最後一次見到天馬。

福八與柏不斷的往前逃著，他們在城市的暗巷中狂奔著，路燈邊，大樹下，都有些陰魂注視著他們。

柏問：「福八，我們要去哪？」

「我在陰界幫派中認識幾個朋友，我們先去投靠他們。」福八一邊說，一邊跑。「而且要用最快的速度，找到你的技。」

「找到我的技？」

「你不懂嗎？」福八手張開，那隻戴著白色手套的假手，在他掌心跳躍。「當道行到一定程度，技會應運而生。」

「嗯。」柏看著那隻假手，說道，「那重考鬱悶男的『拳頭』，福哥的『人體氣球』，福一的『爆炸球』，福三的『肉體強化衣』，甚至是天馬的『腿』這些都是技？」

「是。」福八點頭。「這些都是技，技是一種集合了心與體的特殊技能，通常和陰魂的性格與背景故事有關。」

「所以，我也會有自己的技？」

「當然。」福八笑，露出兩排黃牙。「只要我們能活過這一次，老子一定幫你找出來。」

「謝謝。」柏點頭，內心竟隱隱出現感動。

可是，在兩人邊跑邊說，距離背後的戰場越來越遠的時候，忽然，柏比著福八的背部。

「福八，你的背後黏到了一個東西欸？」

「我的背後？」福八一愣，轉頭看去，只看見他的背上，不知道何時多了一個泛著綠色螢光的十字標記。

而且綠色十字開始慢慢轉紅。「糟糕，難道這是　　」

「這是什麼？」

「這是貴三的技，『遠距離惡咒』！」福八才喊完，柏就看到了街道的遠處，一道凌厲的綠光，繞過人群，朝著他們而來。

「這也是技？」

「沒錯！」福八開始跑。

而背後的那道綠光，竟也和十字一樣，開始由綠轉紅。

越是靠近十字，越是紅。

「如果惡咒完全變紅，會怎麼樣？」柏拚命跑著。

「我猜……」福八也拚命跑著，背後的惡咒則是越追越近。「會　　」

這個會尚未說完，惡咒已經追上了福八的背部，而它的紅色也在這個時候完全熟透了。

接著，它炸開了。

宛如城市中的煙火，在福八的背部噴炸開來，強大的爆力，讓福八往前滾了兩圈，撞在城市的街道旁。

「福八，你還好吧？」柏急忙蹲下，察看福八的傷勢。

「還好，按照技的規則，遠距離的技通常威力都有限。」福八表情痛苦，整個背部的衣物都被炸碎，露出血肉模糊的皮膚。「這一發，算是皮肉傷而已。」

「那我們快走，啊！」柏低呼，因為他看到福八的身上，竟又出現了一個綠色十字。

如陰魂不散的鬼魂，那十字又出現了。

而且也正慢慢的，由綠轉成了紅色。

「幹嘛？表情這麼恐怖？」

「福八，你的身上，又出現了一個綠色十字！」柏語氣顫抖。

「該死。」福八搖搖晃晃起身，「看樣子，一定是那個貴二在拷問我的時候，偷偷鎖定的。」

「那我們該怎麼辦？」

「怎麼辦啊……」福八起身，抖了抖肩膀，把腰桿挺直。「福九十九啊，接下來的路，你可能要自己走了。」

「啊？」柏看著福八。

「貴二這傢伙在紅樓不算厲害角色，要破他的遠距離攻擊，其實不難，只要靠近他和他近身戰就好了。」福八開始朝著反方向前進。「我猜，他就躲在街角後面而已，這個俗仔。」

而他身上的綠色十字，此刻已經轉成半紅了。

「近身戰……不就表示，你要回去？」

「是啊。」福八淡淡苦笑，繼續往前走去。「不過只要我繼續和你跑在一起，該死的貴字部就永遠找得到我們，不是嗎？」

「嗯。」

「所以，我該像個男子漢，去把這件事解決掉。」福八胸口的綠十字，已經八成轉紅，而前方的街尾，那個如惡夢的紅綠色閃光惡咒，也已經出現。

「福八……」

「菜鳥啊。」福八低下頭，從口袋摸出半癟的菸盒，敲下一根菸，叼在嘴裡。「如果有天，你成為陰界了不起的人，靠，你一定要記得老子啊。」

同時間，十字全紅，而惡咒也到了。

福八大吼一聲，他面前的假手出現，以手掌硬接下了這只惡咒。

煙火爆開。

假手傷痕累累，小指更被炸斷。

然後，福八身上又出現了下一個綠色十字，於是他開始跑，朝著發射惡咒的方向，使勁猛跑。

「福八！」柏看著福八狂奔的背影，忽然眼眶微熱。

「死菜鳥，要記得老子啊，最好替我立個男子漢銅像！」福八叼著菸，不斷跑著，而第二發惡咒，再度從街角出現。「下面寫著，陰界真正帥男子！」

福八狂奔中，靈活操縱假手，再度迎向了那發惡咒。

這次，煙火激爆，假手連無名指都被炸斷。

可是，福八卻越奔越快，越奔越猛，上禿的頭頂，在月光下閃爍著流汗的熱氣。

前方，是一發又一發的惡咒，炸向福八，而他卻完全沒有減速。

完全，沒有減速。

在不間斷的煙火衝擊下，他消失在街道的轉角。

而柏咬著牙，慢慢的起身，他知道此刻的他就算回去，也幫不上忙。

他必須找到他的「技」，在陰界道行的世界裡面，只有「技」能對付「技」。

柏轉身，從走到跑，離開這個殘酷的戰場，他的拳頭握得好緊，緊到指縫都是鮮血。

他不想捨棄夥伴而走，可是他知道，他必須走。

因為他的離開，是福八用命換來的。

唯一不辜負福八的期望，就是去把自己的技找出來。

然後，回來。

回來這裡，替福八報仇。

6.2 黑暗巴別塔

柏和小靜在一起相處的那段時光裡，曾有一次，小靜拉著柏，說要算命。

柏一直覺得算命是一件無聊事。

是活就是活，是死就是死，人生的命運，哪能由一個地下道的瞎眼老頭來決定？

可是，小靜就像是多數的女孩，喜歡這調調。

於是他們還是坐在地下道，聽著一個瞎眼老頭鬼扯。

「女孩先算嗎？」瞎眼老頭微笑，「那妳的生辰是？」

「我是三月出生的……」小靜報上了自己的生日，然後緊張的看著這瞎眼的老伯。

「妳的命很好啊，從紫微命術來看，文曲坐命，才華洋溢。」瞎眼算命師微笑，「不過命中有破軍，破而後立，妳必須勇敢捨棄，才能前進。」

「勇敢捨棄，才能前進？」小靜默唸這兩句話。「大師，這是什麼意思啊？」

「天機不可洩漏。」算命師搖頭。

柏在一旁冷笑，什麼天機不可洩漏，壓根就是想要更多錢的藉口。

這算命師也真怪，明明生意不錯，偏偏窩在地下道裡面擺攤，別人的牌子上寫的是「鐵口直斷」，結果他寫的是「此去，大凶」，幹嘛，嚇人啊？

「我懂了。」小靜沉吟了一會，才點頭。

從她堅定的表情中，柏似乎看到了某些答案。

而接下來，瞎眼算命師把臉轉向了柏。「這裡，是不是還有一個男生？你要一起算嗎？」

「我？」柏嗤之以鼻。

「算一下啦。」小靜拉了一下柏，「算一下，我很好奇呢。」

「欸，好啦。」柏大剌剌的坐了下來，「要生日是吧？我是八月出生的……」

聽到柏的八字，瞎眼算命師掐指算了幾下，眉頭深鎖，慢慢開口。「幾點？」

「幹嘛還要幾點？」柏語調升高。

「柏！」小靜跺腳。

「好啦，我是晚上兩點出生的。」小靜的跺腳，總能讓強勢的柏折服。

「兩點……丑時嗎？」瞎眼算命師的表情越來越嚴肅。「八月……丑時……那一年……這是凶格……很棘手的凶格啊　」

「凶格？」

「少年仔！」瞎眼算命師的手陡然伸出，竟然精確無比的箝住了柏的手腕。「別動，我得借你的手！」

「什麼！」柏大怒，手一甩，想甩脫瞎眼算命師的手，可是奇怪的是，柏無論怎麼甩，都甩不掉這隻枯乾朽敗的老手。

「少年仔。」瞎眼算命師嘴裡唸唸有詞，手指不斷掐算著，額頭甚至浮了一滴汗。「血氣旺盛，靈魂炙熱，又是大凶時出生，嘖嘖。」

「什麼啊！」柏怒吼，他動了真火。

這一剎那，瞎眼算命師的身軀一顫。

他已經二十年沒看到光明的雙眼，在這一剎那，卻彷彿見到了他的老手，正抓著滿是紅色刺鱗的巨大爪子。

而當他一抬頭，更看見這爪子的主人，一隻全身罩著堅硬紅甲，身上噴著濃濃熱氣，宛如深邃地獄爬出來的暴怒戰神。

戰神的另一隻手高高舉起，手上握著一根冒著熊熊黑火的利矛。

對準算命師的頭顱，就要插下。

「啊啊啊啊！」瞎眼算命師大喊，往後一跌，從椅子上摔了下來。

等到這一跌，算命師發現自己眼前又回到一片漆黑，什麼鱗片獸爪？什麼地獄戰神？什麼黑火利矛？

全都消失了。

終於，又回到了他習慣的黑暗。

瞎眼算命師不斷喘著氣，手被一隻年輕手臂抓住，輕輕拉了起來。

「算命老頭，我舉起手，只是嚇嚇你啦。」那手臂的主人，就是柏本人，他臉上滿是歉意。「我沒有要揍你，不過……你不是看不到，怎麼看得到我手舉起來？難道你是裝的……」

「柏！跟算命老伯道歉，要有誠意！」小靜雙手叉腰。「還碎碎唸些什麼？」

「好，對不起啦，老伯，您沒摔疼吧。」柏苦笑，做了一個九十度的鞠躬。

他深深覺得，小靜真是他命中的剋星啊。

「少年仔，我算是有點道行的人，遇到你，連我都承受不住。」那瞎眼算命師伸手在柏的肩膀上拍了拍。「你的魂魄太過強猛，如此魂魄，陽世恐怕容不下你，你該去陰界稱霸。」

「啊？陰界稱霸？」柏詫異的張大眼睛。

「不過，」瞎眼算命師坐下，深深吸了一口氣。「你並不是我遇過，第一個擁有如此強大魂魄的人。」

「啊？」柏和小靜交換了眼神，都在彼此眼中找到了驚疑。

驚疑著，這算命老伯，是不是神經錯亂了？

「而且，你們一定會遇到。」瞎眼算命師坐在椅子上，如夢囈般的喃喃自語。「一個是地獄戰神，一個是蒼涼英雄，你們一定會遇到……無論是在陽世，或是在陰界，你們遲早會碰頭的！」

那晚，柏拉著小靜，帶著滿心的困惑，離開了地下道。

而那個瞎眼算命師，卻還在喃喃自語。

「我是有道行的人，我講的話不會錯，不會錯……當年有幾個小孩子，在地下道遇到鬼打牆跑不出去，我也曾和他們講過，此去……」瞎眼算命師笑了，陰惻惻的笑了。

「大凶啊。」

柏躺在城市邊緣的某座公園裡面，他不斷喘氣，他一直到確定貴字部的人沒有再追來，陰界。

才敢稍微停下腳步。

只是現在的他，看著一片漆黑的公園，內心卻異常惶恐。

因為，現在的他，在陰界可以說是舉目無親，只是孤單遊魂一枚，無所適從。

以前有福八帶他，有黑幫紅樓當靠山，至少衣食無缺，而現在呢？

柏嘆氣，他真的不知道，自己能做什麼？

別說幫福八報仇了，現在的他，連怎麼活下去都不知道？

而就在柏無所適從的在公園漫步，他發現了前方正聚著一大群陰魂，他們似乎正聆聽著什麼……

基於好奇心，柏湊上前去一看，原來正有一個人，一手拿著熱騰騰的包子，嘴裡正高喊著。

「各位遊魂，你們擔心吃不飽嗎？你們擔心總有一天在公園、城市水溝、骯髒工地中餓死嗎？」這男子長得矮矮胖胖，身上穿著不合身的陳舊藍色西裝，高喊著。「那就請加入我們黑暗巴別塔。」

「黑暗巴別塔？」柏瞇起眼睛，暗想，「那是什麼？」

「黑暗巴別塔從地面開始，往下共一百零一層。」男子喊著，「只要你能打，不斷往下打，就能不斷的累積財富，到時候榮華富貴、美女華車、高樓大廈、寶物土地，應有盡有啊。」

同時間，柏的耳邊，則聽到圍觀的遊魂們，正竊竊私語著。

「黑暗巴別塔……說好聽是格鬥競技場，其實就是給那些有錢人，免費觀看鮮血肉搏的場所啊。」一個身上至少穿了十件衣服的遊魂說，顯然他把自己全部的財產都穿在身上了。

「對啊，上次那幾個遊魂，去參加了黑暗巴別塔，從來沒有看過人平安回來的。」另一個遊魂手裡拿著一個便當，邊用手抓著吃，邊搖頭晃腦。

「要不是真的快餓死了。」還有一個遊魂轉身，「我絕對不會參加的，我們在這裡生活悠哉，雖然能量有天會消失，至少我活得輕鬆愉快啊。」

看到多數遊魂意興闌珊，紛紛散去，柏則雙腳如被鐵釘釘住般，動也不動。

他想起了福八，想起了天馬，甚至想起了小靜，想起了那個晚上奪取他一切的邪命。

這是他的選擇，只要他轉過身，從此就在這公園中閒晃，無憂無慮，度過他的陰界生涯。

但如果他往前走一步，就只是一步而已，他將會進入黑暗巴別塔，在殘忍血腥暴力的世界中求生存，也許不用幾天，他就會被打成一團爛泥，什麼屁都不是了。

他要怎麼選擇？

「怎麼了？今晚報名的魂魄這麼少？」那個穿著不合身西裝的男人，還在嚷著。「快點報名啊，榮華富貴，寶物土地，盡情享用啊。」

「如果是小靜，應該會怎麼選擇呢？」柏笑了，然後他的腳，重重的，往前踩了一步。

「我參加。」

「喔？」那穿著不合身藍色西裝的男人，露出驚喜的表情，對著柏手裡塞了一個熱騰騰的包子，然後仔細端詳了柏幾眼。「新魂啊？死幾天了啊？」

「不久。」柏不願多說，只低調回應。

「喔，沒關係沒關係，老魂有的是經驗，新魂有的是熱情。」男人從口袋掏出了一張紙，上面密密麻麻寫著一大堆的字。「決定了嗎？那就簽約吧，陰界不流行簽名，只要按下指紋就行。」

「簽約？」柏看到上面那一堆字，頭都暈了。

「簡單來說，就是生死有命，概不負責，另外，就是戰鬥對象與方式，必須全程配合主管單位的安排，不得有異議。」男人微笑，「順便自我介紹一下，我叫做晦氣。」

「戰鬥對象與方式，全部都要接受你們的安排？」柏懷疑的問。「如果你們找了一些奇形怪狀的……」

「當然，每場戰鬥，都像一場秀，當然要讓秀最精彩，顧客滿意，你和我才有賺頭，不是嗎？」晦氣微笑。

「那如果不斷往下打，我會有什麼獎賞呢？」

「不斷往下打？咯咯，以新魂來說，你算是很有野心的呢。」晦氣嘿嘿笑著。「只要贏一場，就往下推進一層，就會獲得金錢，當你進到四十層以下，就會有寶物，寶物也會越來越好，不過當你進入了八十層，就是土地了，而最後的一〇一層，則會有一個王……」

「王？」

「那個王，已經二十五年沒被人打下來了。」晦氣拍了拍柏的肩膀，「就等你啦，年輕人。」

「是嗎？」柏看著手上的那張合約，他舉起拇指，用力按了下去。

接著，契約緩緩飄起，落在晦氣的手上。

晦氣笑著對柏一鞠躬。

「歡迎加入黑暗巴別塔，祝您成為黑暗巨星啊。」

說完，柏只覺得自己周圍轟的一聲，冒起了火焰，火焰繞著柏急速旋轉。

柏只覺得在火焰的包圍下，整個身體像是沒有重量似的往上飄，飄……

彷彿飄了很遠的距離，飄過了長長的夜空，飄過了滿是居民的城市。

最後，他終於落下了。

火焰隨之消散。

站在柏面前的，不再是荒涼的城市公園，而是一個宛如陽世鐵路的巨大入口。

只是，入口處沒有張貼鐵路最愛的健康標語，取而代之的，是一個用黑色沉鐵雕刻出來的門牌。

上面寫著：

黑暗巴別塔，暴力最美，有夢相隨。

柏走進了入口，只見入口處是類似五星級飯店的櫃檯，櫃檯人員看到了柏，立刻微笑走來。

「您是晦氣先生介紹來的鬥士嗎？」這個女服務生，穿著高級飯店慣有的套裝，舉止親切。

「鬥士？」柏訝異。

「黑暗巴別塔中，習慣稱呼參與戰鬥的人為鬥士。」服務生還是在微笑。

「喔。」柏點頭。

「在參與戰鬥之前，可以詢問您幾個問題嗎？」

「請說。」

「您有星卡嗎？」

「星卡？」

「那是政府發放的儲金卡，有儲金卡，才能將陰幣匯款給您。」女服務生微笑。

「那，那我沒有……」柏支吾。

「沒關係，我們馬上幫您辦一張，以後方便您存錢。」女服務生說，「那第二個問題，您有技嗎？」

「技……沒有。」柏搖頭。

「是嗎？」女服務生微笑，「可惜，那您一開始就必須從第一層開始打起，那最後一個問題，您有星格嗎？」

「星格？」

「看樣子，您應該是沒有了，所謂星格，是以當前陰界之主『紫微閻帝』為首，共一百零八名具有特殊命格的陰魂。」女服務生臉上依然掛著職業微笑。「若您是具有星格，又擁有技，就可以直接從五十層開始打起。」

「喔，原來是這樣。」柏聽到這裡，忍不住又問。「那黑暗巴別塔中，有人有星格嗎？」

「當然。」女服務生說，「目前連續稱霸黑暗巴別塔二十五年的王，就是甲等星的火星

『鬥王』，另外至少還有十餘位具有星格的高手，在我們塔內。」

「原來如此。」柏點頭，那如果福哥或是龜男這些具有星格的高手，應該也能闖到很深的樓層吧。

「如果您沒有問題了，」女服務生微微欠身，做出一個優雅歡迎的姿勢。「那請您先到休息區休息，不久之後，我們會以廣播通知您比賽時間，若您在第一場獲勝，我們也會將您的卡準備好。」

「喔，好，謝謝。」柏跟著女服務生，走進了一扇桃木大門內。

門內，是一個類似棒球比賽選手休息室的空間。

在這裡，每個人都有自己的衣櫃，在比賽前放置自己的物品。

「這是您的櫃子。」女服務生微笑。「等您有卡了，可以用自己的卡將櫃子鎖上。」

「喔。」

「若您有什麼需要，只要走到門邊的對講機，說一聲即可。」

「謝啦。」柏點頭。

女服務生一個欠身，就退了出去，留下柏，在這充滿著參賽者的休息室。

而當柏把自己僅有的隨身物品放入衣櫃的同時，他感受到從四面八方射來不懷好意的眼神。

更有些耳語，有意無意的傳到他耳中。

「新魂欸。」背後一個魂魄咯咯的笑著。「按照規矩，只要打贏一場，就能往下走一層，難得有新魂來送死，希望抽到我。」

「是啊，新魂就是專門來讓我們這些老鬼練等級用的啊。」

柏不為所動，只是安靜的把隨身物品收好，找了一張板凳坐下，然後閉目養神。

他記得自己當年成為黑街頭號打手的過程，冷靜，是先決要素。

然後，他聽到了休息室傳來了廣播，廣播中正是自己的名字。

「新魂，柏，新魂，柏，請到十一號格鬥台報到。」廣播嘶吼著，「還有，捽角豬木，捽角豬木，也到十一號格鬥台報告。」

柏慢慢起身，深呼吸。

開始了，他的變強之旅。

首先要做的一件事很簡單也很難……那就是『活下去！』

6.3 阿歲

柏踏上了十一號格鬥台，這裡是一個標準的拳擊場，六平方公尺的面積上，早有一個魂魄等著他。

然後柏就懂了，為什麼他的對手綽號會被叫做「摔角豬木」了。

因為他真的壯碩到如同日本最偉大的摔角選手。

他一見到柏，立刻咧嘴笑開，憨傻的笑容中，藏著凜冽的殺意。

而柏舉目四望，可容納百來人的小型觀眾席，只有稀稀落落的十幾個魂魄，正一邊抽菸，嗑瓜子，看著柏的比賽。

對一場沒有名氣的比賽，這樣的觀賞人數，很正常。

然後，柏站定位。

雙眼注視著眼前的大塊頭，豬木。

「很大膽嘛。」豬木慢慢朝著柏踱步而來。「敢這樣瞪我。」

「哼。」

裁判同時間手由上往下，用力一揮，高喊：「開始！」

下一秒，豬木如蒲扇般的大手，已經對著柏的腦門搧來。

按照豬木的估計，這掌就該打得柏脖子扭轉，他這場勝利輕鬆落袋，就可以再去挑戰第二層了。

可是，出乎他意料的是，他的這一掌，竟然落空。

眼前這個不起眼的新魂，竟然像是未卜先知似的，已經躲到了豬木的背後。

「很會跑嘛！」豬木大吼，大手往後撈去，可是又撈了一個空，因為柏又輕鬆避開。

「這樣的攻擊，和福哥與屍鯊比起來，實在差太多了吧。」柏淺笑。

「混帳！」豬木轉身，大手要抓柏，卻又被柏閃開。

而柏之所以能避開，靠的當然是「風」，只見他眼睛半閉，感受著豬木每一下攻擊激起的風，就能毫無困難的避開。

「混帳！混帳！混帳！混帳！」豬木嘴裡吼著，隨著他每一下咒罵，手就會揮動一次，去追擊在拳擊場上優游逃竄的柏。

只見豬木在拳擊場上轉了好幾圈，累得氣喘吁吁，卻完全沒有碰到柏的一根寒毛。

「為什麼……打不到？」豬木累得跪在地上，不斷喘氣。

「打不到，那換我了。」柏看準豬木已經無法動彈，他站到了豬木的正前方，右手握拳。

然後，柏的拳頭，已經朝著豬木的臉，狠狠地揍了下去。

只見豬木挨了這拳，表情卻一點痛苦都沒有，只是喃喃自語。「這拳好弱，弱得像是蚊子，明明就是很弱的新魂……為什麼，我就是打不到呢？」

「為什麼呢？你明明很弱，但我就是打不到你？」最後，當豬木確定追不到柏以後，坐在地上，像個孩子一樣大哭起來。「為什麼為什麼為什麼？」

只是，柏也感到困惑，為什麼他的拳頭，就是傷不了豬木？

於是，柏的第一場比賽，就在這樣無奈的情況下，劃下了句點。

而柏的戰績，是平手。

於是，柏繼續停留在第一層。

柏打完了這場比賽，他留意到多數的觀眾都意興闌珊，只有一個人，他戴著白色的鴨舌帽，穿著運動外套，他注視著柏許久，然後匆匆在筆記本上寫了幾行字，然後才離開。

那天，柏領到了他的卡片，和第一筆戰鬥費。

勝利是一百陰幣，輸掉是零，而平手則是五十陰幣。

第二天，柏的第二場比賽登場，他的對手是「工頭」，據說生前是一個管理工地的工頭，平常最愛剝削外勞，死後因為沒錢也加入了黑暗巴別塔，成為一名賺錢鬥士。

工頭使用的武器，是一根半個人高的榔頭。甩起來虎虎生風，威力強悍，聽播報員說，工頭原本已經進到了第二層，卻因為運氣不佳，剛好遇到強者，慘敗之後，養傷足足養了一個月才又上戰場。

賭盤上，工頭可是有地下十層以上的實力。

可是，這場比賽卻依然跌破了賭徒與專家的眼鏡，因為工頭的大榔頭，不管怎麼揮，就是打不中柏。

這個菜鳥新魂，竟沒一下打中他？

直到時間結束，工頭把榔頭摔地，不斷喘氣。

「該死，你究竟是什麼鬼東西啊，為什麼我打不到你！」工頭嚷著。「我不服啊。」平手。

柏的卡片，又是五十陰幣進帳，剛好是他今天的晚餐。

而當柏下場，他發現那個戴著白色鴨舌帽的男人又來了，當比賽結束，他興趣盎然的看了柏幾眼，才從觀眾席中離開。

第三場比賽。

柏遇到了「酒店公關」，這個生前在八大行業工作的牛郎，使用的武器是玫瑰花，屬於投擲型的武器。

但是很不幸的，投擲型的武器，也一樣打不中柏。

比賽又拖到了時間結束，平手。

這三場下來，柏不僅獲得了五十元的晚餐錢，還獲得了一個綽號。

『躲避人』。

這是形容柏太會閃躲的怪異綽號，卻同時也貼切的形容了柏的戰鬥法則。

躲避。

當晚，當柏再度拿著五十元，在黑暗巴別塔附近的餐廳，買了一大碗牛肉麵，一個人埋著頭品嚐的時候……

他看到了一隻大手，按在他前方的桌緣。

「方便一起坐嗎？」

柏瞇起眼睛，這裡至少還有四、五張空桌子，所以這人是存心找他共桌嗎？

柏點頭。

一抬頭，柏發現自己見過這人。

白色鴨舌帽，運動外套，他就是每次都會觀賞自己比賽的神祕中年男人。

「在黑暗巴別塔打滾了這幾年，我最愛的還是這裡的牛肉麵，湯頭香，麵好實在。」這戴著鴨舌帽的男人舉起手，對另一頭的老闆吆喝。「老闆，來碗牛肉麵。」

「是啊。」柏低著頭，繼續吃著麵。

「這碗麵，我請了吧。」鴨舌帽男人帶著笑。

「不用了。」柏搖頭。

「一定要。」鴨舌帽男人眼睛瞇起，看著柏。「因為，如果我沒料錯，下一場比賽，就會是你最後一場比賽了，所以要請你，只能趁現在了。」

「最後一場比賽？」柏皺眉，他感覺到自己的手指比以往更用力。

但，他忍住了。

這人的動機，實在不明，犯不著動手。

「很冷靜嘛，難怪是連續三場比賽都不曾被打中的……躲避人啊。」鴨舌帽男人微笑。「你知道，你現在在黑暗巴別塔的賭博網頁上，算是有點名氣了。」

「名氣？」柏繼續吃著麵，但他內心的好奇心卻被挑起。

原來黑暗巴別塔也有網頁，還設下賭局。

賭博，應該才是這一百零一層武鬥塔，真正營收的來源吧。

「是啊，雖然比不上真正超級巨星的新聞，但是已經有些小玩家注意到你，連續三場平手，而且既沒有被打到，更打不倒敵人。」鴨舌帽男人笑。「大家都在賭，賭你什麼時候被打中。」

「喔，是嗎？」柏內心暗暗嘆氣，他比誰都想打敗敵人，偏偏他的拳頭在陰界發揮不了作用。

其實，他比誰都還要急啊。

「不過，我敢說，你下一場肯定掛掉。」鴨舌帽男人冷笑，「就算不是下一場，下下一場也撐不下去。」

「哼。」

「因為按照黑暗巴別塔的慣例，他們為了提升比賽精采度，會刻意安排刺激的畫面，你既然是打不到的躲避人，下次肯定會對上專門對付躲避的高手。」鴨舌帽男人說。「不反擊，遲早會被逮到的。」

「嗯。」這道理柏當然懂，可是，要怎麼反擊？

「而我注意你很久了。」鴨舌帽男人注視著柏。「我告訴你，我能幫你。」

「喔，幫我？」柏看著鴨舌帽男人。

「沒錯，就我的觀察，你極有天分，運用某種常人無法理解的方式，可以早一步判斷敵人的攻勢，藉此避開。」鴨舌帽男人雙手十指交叉，放在下顎，注視著柏。「如果我幫你，你就能更進一步開發真正的潛能，怎麼樣？願意嗎？」

「幫我，對你來說，有什麼好處？」柏依然警戒。

「嘿，說到好處，當然是有。」鴨舌帽男人一邊嘴角揚起，拿出一張名片，推向了柏。

「先自我介紹，我是鬥士經紀人兼教練，我是歲驛星，人家都叫我阿歲，我的要求很簡單。」

「嗯。」

「我可以當你的教練，訓練你，讓你越來越強，也可以當你的經紀人，幫你談到更好的價碼，甚至安排更吸引人的戰鬥。」鴨舌帽的阿歲說，「我只要你勝利分我五成，而你輸了，我則分毫不取。」

「喔？」柏瞇起眼睛，眼前這個人，原來就像是一名戰鬥掮客。

「怎麼樣？」阿歲注視著柏。「考慮看看，如果我不出手，你下一場比賽，九成出局。」

「考慮……基本上我只問你一個問題。」柏抬起頭，雙眼如電，看著阿歲。

「說。」

「你能讓我越來越強嗎？」

「你要多強？」阿歲瞇起眼睛，看著柏。

柏沒有說話，只用手指蘸了牛肉湯，在桌上寫了兩個字。

這兩字，讓阿歲臉色一變，隨即又忍不住笑了起來

因為那兩個字，正是「紅樓」。

阿歲大手用力拍著桌子，將桌子震得是嘎嘎亂響。「好大的膽子啊，好大的口氣啊，要挑戰當前最火紅的黑幫，操縱紡織的新興王朝，好！我喜歡！」

「你能幫我嗎？」

「可以。」阿歲昂起頭，看著柏，表情中帶著迎向挑戰的決心。「只要你繼續在黑暗巴別塔活下去，只要你一直打倒王，你就會擁有，挑戰紅樓的實力。」

「很好。」柏放下筷子，點頭。「我答應你。」

「好，吃完這碗麵，我們就這麼約定了。」阿歲捧起了自己的麵，以碗代酒，敬向了柏。

「好，我們就這樣約定。」柏也舉起了自己的碗，鏗的一聲。

這一碰，柏與阿歲彷彿都知道，他們即將迎向新的命運。

6.4 音速老鬼

「魂魄與人，最大的差別是什麼？」

這裡，是牛肉麵店，牛肉麵店的女老闆，在打烊之後，友情的挪出空間讓他們練習。

而阿歲右手握著拳，對著柏說：「你覺得呢？」

「魂魄與人啊？」柏看著阿歲的拳頭，沉思著。

「差別就在，實體。」

「沒錯，人有實體，但魂魄卻只有能量。」阿歲說著說著，舉起了拳頭，呼的一聲，朝著一旁的木桌，擊了下去。

看似氣勢強悍的一拳，卻軟綿綿的穿過了木桌，一整個中看不中用。

「沒打中。」柏說。

「沒錯，正是沒打中，為什麼？」阿歲看著柏。

「因為你是能量，而木桌是實體。」

「很好，我們是能量，所以無法影響實體，但是事實上，有個辦法可以控制自己的拳頭。」阿歲微笑，這次他再度舉起手，五指慢慢旋成一顆拳頭。

這剎那，柏忽然感受到那拳頭上，出現了風。

令人感到危險的風。

「注意囉，躲避人。」阿歲一笑，然後朝木桌擊了下去。

這一次，拳頭不但沒有穿透木桌，反而紮紮實實的，停在木桌的表面。

下一秒，木桌表面咖的一聲，出現了一條清楚的裂紋，裂紋不斷擴大，最後整張桌子攔腰斷成兩半。

只是一拳，竟把整個木桌擊碎。

同樣的拳頭，其中的差異，究竟在哪？

柏張大眼睛，久久不能言語。

「你覺得差別在哪裡？」阿歲扶了扶白色鴨舌帽，微笑。

柏搖頭，回答考試問題，向來不是他的強項。

「老實和你說吧，」阿歲伸出了拳頭。「就是集中你的能量，在你的拳頭。」

「集中能量？」

「我們魂魄沒有實體，只有能量，能量若是分散，根本無法破壞任何東西，可是一旦集中，」阿歲拿起地上的木塊，說著。「可是比人類的實體拳頭，還要強上千百倍的，因為，陽世人類的拳頭裡面有骨頭，因為反作用力而受傷，但我們魂魄不會。」

「嗯。」柏沉吟，剛才所謂的風，難道就是所謂能量集中的現象嗎？

「而怎麼運用你的能量，就要靠構成道行的三要素。」

「嗯？」

「心、體、技。」阿歲用拇指和食指比出一個三角形，「這三者的關係，就像是一個三角形，缺一不可，但每個人的能力，仍會偏向體或心，因而創造出專屬於自己的技。」

「嗯。」

「懂嗎？」

「大概。」柏點頭，他想起了他進入陰界以來，每一個擁有技的好手，福哥的「人體氣球」，貴一的「一嚬的福音」，甚至是福八的「假手」，都充滿了個人風格。

這樣說來，專屬於柏自己的技，究竟是什麼呢？

「技的境界太過高深，尤其是具有星格的一百零八個高手……」阿歲注視著柏。「在明天比賽之前，我不要求你練成技，我只要求一件事。」

「什麼事？」

「把對手打退，就算只有退一小步也好。」阿歲看著柏。「讓你的拳頭能量集中，讓對手感受到，能做到嗎？」

柏深深吸了一口氣。

然後，他點頭。

當晚，柏繼續在牛肉麵店中練習著。

柏看著自己的拳頭，一拳又一拳的揮著。

他想像著自己的拳頭是能量，把能量聚集一起，然後揮拳。

但是連續幾個小時下來，卻一點進展都沒有。

「感受你自己的能量。」阿歲在一旁，嚴格的斥喝著。「不對！不對！你還沒有意識到自己是魂魄，你還習慣用肌肉的力量！別讓我看錯人！」

柏還在揮拳，咬著牙，任憑汗水流遍了衣服，他仍在揮。

幾乎要脫力，他仍在揮拳。

「去想，心體技要合一，用腦袋去想，用心去感受！」阿歲吼著。「用你最熟悉的方式去想像！要操縱無形無體的能量，是需要想像力的！」

想像力？熟悉的方式？

柏在自己拳頭揮出去的剎那，他想起了小靜，想起了她愛唱歌的模樣，然後又想到了……風。

這一路上，陪著他躲過重重危難的神祕風。

風。

如果能量是風，如果我能把風聚在一起，如果我可以……

下一刻，柏收回了拳頭，然後他開始感覺到，風，一股細微的漩渦亂流，正在他的拳心凝聚。

接著，他的拳頭開始往前揮去。

這次的揮拳，很慢，慢得像是釘子一鎚一鎚打入水泥的牆中。

但那股漩渦，卻隨著他拳頭往前推進一分，就增強一分。

「喔喔喔。」阿歲拉高鴨舌帽的帽簷，察覺了異狀。「我果然沒有看錯人啊！」

同一時間，柏的拳頭不斷往前推進，漩渦也隨之增強，到後來，柏甚至感覺到，拳心的那股小漩渦，已經變成了巨幅的迴旋氣流。

「控制住！」阿歲聲音提高，「控制住你的能量！躲避人！」

可是柏只覺得，整條手臂深陷強大且狂亂的迴旋氣流之中，他已經無法控制手臂的氣流，再也無法控制了。

終於，他的手臂完全捲入了失控的氣流中，然後狠狠地擊中了房間的牆壁。

下一秒，轟的一聲巨響，響遍了整間小小牛肉麵店。

第四場比賽。

現場一片喧鬧，而播報員瘋狂的聲音，更是讓氣氛拉到最高點。

「現在為各位貪婪的賭徒們介紹！今晚第一個出場的，是躲避人！不到半年的神祕新魂，卻創下連續三場沒被打中半次的詭異紀錄，今晚，他會被打中嗎？」播報員一邊說著，一邊用手比著牆上的大白幕。

白幕上，紀錄的正是現在的賭注金額。

上面有三條不斷升高的柱狀線，分別寫著『沒被打中！』、『被打中一次』、『被活活打死！』

這三條線不斷升高，表示現場與外場的賭客正不斷下注。

而且黑暗巴別塔首創即時下注系統，一直到戰鬥分出勝敗的最後一刻，都可以繼續下注。

「各位觀眾，讓我們歡迎目前賭盤上的熱門人物！怎麼打都打不中的……」廣播員嘶吼。「躲避人！」

在幾乎滿座的比賽場上，柏緩步而出，他穿著一件背心，右手則綁著繃帶。

然後，他在擂台上，穩穩站定。

周圍，同時響起一陣分不出是噓聲還是掌聲的歡呼。

「去死吧，新魂，老子賭你被當場打到魂飛魄散！」「躲啊，繼續躲，我用了五萬賭你可以繼續躲！」「反正你也打不倒對手！廢物！」「看多了王和那些高等鬥士的比賽，看你這妖魔小丑的比賽，剛好啊！」「躲避豬！躲避狗！都不如躲避球啊！」

柏眼睛半閉，身形凝重，曾經吃過無數的苦，從阿媽到老師，從月到小靜，從黑街打手到此刻的陰魂，他早已學會坦然面對周圍不友善的耳語。

他只是安靜的站著。

穩如泰山的站著。

「躲避人今晚對手是誰呢？第一層當中，還有誰能夠讓他再也無法逃避？」廣播員嘶吼，「今晚，我們要把眼睛擦亮，因為下一個選手，他很快，快到我們眼睛可能無法捕捉，出來吧……音速老鬼！」

這聲音速老鬼的話音剛過，全場立刻翻騰起來。

因為，每個人都知道，音速老鬼曾是打到第十二層的高手，這次，根本就是被黑暗巴別塔主辦單位所設計，對付躲避人的絕招。

柏眼睛依然半閉，他卻感覺到，擂台上，一個狂奔的黑影，跳了上來。

黑影亂竄，在擂台上不斷繞圈，一眨眼，就繞了三圈。

而當音速老鬼上場的同時，白幕上的三條柱狀曲線，『被活活打死』開始急速飆升，金額已經到了十萬。

「快，快，快，只要快，是音速老鬼的生存意義！」廣播員右手抓著麥克風，狂吼著。

「快點，讓比賽開始吧，音速老鬼的肚子餓了，要吃躲避人啦。」

下一秒，裁判的手一揮而下。

而同時間，擂台上亂竄的黑影，在地板上微微一頓，方向急轉，疾衝向柏。

這一剎那，柏半閉的眼睛，完全睜開。

然後，他的右拳，揮了下去。

同一時間，黑暗巴別塔的不遠處，小小的牛肉麵店內。

兩個人正坐在一張木桌上，而木桌旁的那面牆壁，有著一個比成人還要大的巨大凹陷。這凹陷，像是被起重機的吊具，一口氣轟中。

「欸，這堵牆，我會負責賠償的。」白色鴨舌帽的阿歲，喝著手上的熱茶，慢慢說著。

「不用。」坐在阿歲對面的，是穿著圍裙，身材發福的女老闆。「我打算留下作紀念。」

「喔，作紀念？」

「每個陰魂第一次體驗到能量的時刻，都非常珍貴。」女老闆爽朗的笑著。「順便一提，我的地下室，還留著你當時打破的門板喔。」

「喔，妳還留著啊。」阿歲眼睛瞇起。「呵呵，那好久以前了呢。」

「對啊，從那個時候，你一路往下打，到了挑戰火星的時候，還有人出價一千萬買那塊門板呢。」女老闆笑著說。「當時我好心動啊。」

「呵呵，後悔沒賣了吧，怎麼知道我會一敗塗地，從此退出黑暗巴別塔？」阿歲扶了扶鴨舌帽，「不過火星鬥王，當真是一個怪物，真正的怪物，據說他已經擁有和十四主星一戰的實力了。」

「是啊，不過你回來也好，整天在擂台上逞兇鬥狠，遲早那塊門板會用來幫你收屍。」女老闆淡淡的笑著。「不過，我也很替你高興，遇到了這個年輕人。」

「喔，不愧同樣是丙等星『息神』的妳，妳也看出了這小子的天分嗎？」

「星格對我而言只是一個屁頭銜，不過，就算不用星格，我也看得出來好嗎？」女老闆用大拇指，比了比背後那個牆壁上的大凹陷。「他這一拳的威力，可是比身為丙等星『歲驛』的你，還要大上十倍以上。」

「是嗎？」阿歲摸著下巴，欣賞著牆上的這個大凹洞。「不過，妳覺得，他會是有星格的人嗎？」

「肯定。」女老闆喝了一口茶。「而且……」

「而且？」

「按照女性直覺……」女老闆慢慢的說著，「他絕對不只乙等星而已，恐怕真有那麼一天，他會代替你，挑戰鬥王。」

挑戰鬥王？

阿歲喝了一口茶，笑著不語。

這小子的願望，可不只挑戰鬥王而已，他要的是「紅樓」。

那裡，可是十四大主星「廉貞」邪命的地盤呢！

黑暗巴別塔，格鬥場上。

此刻，整個會場靜謐無聲。

所有人抓著手上的賭券，張大嘴巴，一點聲音都發不出來。

他們的目光，都集中在擂台上。

因為出現了一種，沒人想到的結果。

除了『沒被打中』，『被打中一次』，『被活活打死』之外的結果。

音速老鬼的頭，正嵌在擂台邊的柱子裡頭，而身體正無意識的抽搐著。

觀眾們都獃住了，在剛剛的那一瞬間，到底發生了什麼事？

率先清醒的，是廣播員，他握住麥克風，聲嘶力竭。「剛剛發生了什麼事？讓我們來看VCR！」

只見牆壁上原來紀錄著賭博金額的白幕，被切換成一個動態影片。
影片內容正是剛才擂台上發生的事情。
鐘聲開始，音速老鬼以幾乎違規的方式，發動了第一波攻勢。
老鬼雙手握著鋼爪，朝著柏的腦袋削下來。
柏退後，鋼爪在他胸前劃過。
這一退，退得是顛妙非常，彷彿與音速老鬼搭配好，共同編好的舞步。
老鬼冷笑，身體急轉，另一隻爪子再度追上柏。
柏還是退。
這次退得更是驚險，胸口衣服甚至因此碎開。
老鬼身體再轉，另一手的爪子又來了。
這如同陀螺的急速旋轉，是老鬼最得意的招數，他曾經靠著這招「暴力急旋」，讓他從巴別塔的第一層，一口氣推進到第七層，一直到第七層方有人以相同的旋轉，擋住了這招。
而這場比賽，老鬼一開始就施展這招，是他要證明，他夠強。
他要讓黑暗巴別塔知道，他的速度和招數，都是足以進入巴別塔的第二十層，甚至五十層以下的鬥士。
只要獲得肯定，就能獲得更好的比賽機會，也會替自己賺更多的錢。
所以，他打算在比賽開始的十秒內，就結束這場比賽。

柏已經退到了擂台繩上，音速老鬼的鋼爪，在下一次，肯定能把他的胸膛劃破，連心臟都一起勾出來。

沒有退路，於是柏的手舉了起來。

老鬼嗤之以鼻，因為他早就知道，躲避人只會躲，攻擊就像是棉絮一樣毫無威力。

老鬼發現自己的爪子，在碰到柏拳頭的時候，竟然彎曲了。

然後彎曲的爪子隨著拳頭，一起碰到了自己的臉頰，接著他的身體開始扭曲，隨著拳頭的方向，開始轉動，轉得好快，好快，好快……

等到老鬼停住，自己的後腦勺，已經埋入了擂台柱之中。

忽然間，老鬼明白，那重力，正是柏的拳頭。

而老鬼困惑的是，為什麼在那一剎那，他看見了一個穿著紅色戰甲的龍武士。

君臨天下的龍武士。

VCR結束，現場如死寂般的靜默。

曾經打到十二層的音速老鬼，原本要在擂台上捕殺柏的獵人，如今情勢卻逆轉，老鬼在十秒內被打入擂台柱之中。

這不就表示……

現場的靜默，瞬間被打破，取而代之的，是如浪潮般的怒吼！

「死躲避人！你扮豬吃老虎！」「你死定了！害老子賠錢！」「離開這裡以後，別讓我碰到！我見一個殺一個，見兩個殺一雙！」「作弊！作弊！」「從今天開始，我要戳破每一個躲避球！哇吼！」

柏一個人，就在漫天扔擲的賭券中，緩步下台。

穿過憤怒叫囂的人群，他頭昂得高高，拳頭卻握得很緊。

他知道，他已經踏出了第一步，終有一天他會回到紅樓，所以他可以承受得住，眼前這些嘲笑與憤怒的聲音。

此刻的他，只想到歌聲。

小靜那純淨而勇敢的歌聲。

6.5 小靜

小靜安靜坐在休息室裡面，外面傳來的是上一個參賽者的歌聲。

她把雙手緊緊握在一起，任憑緊張的情緒如浪潮般，淹沒了她的心靈。

此刻的她，想念兩個人。

這兩個人，一個是男生，一個是女生。

從百人初選到三十人選拔，小靜認真唱歌，全力準備，在通過每場比賽後，在人群擁抱後，她總會躲到角落，偷偷傳出兩則簡訊。

一則總是很長，嘮嘮叨叨的訴說著自己好緊張，差點走音，歌詞到前一刻都差點忘掉之類的，因為她知道，對方總能懂她，而且能像姊姊一樣給她溫暖。

那是給琴學姊的簡訊。

第二則卻很短，她只會寫四個字，「我通過了」，因為她相信，對方會懂她，而她也害怕，自己給了太多，那個年少輕狂的男孩，會覺得她煩，會覺得她囉唆。

這則則是發給那個叫做柏的男生。

這兩個人，是小靜一路過關斬將的祕密武器。

此刻，外頭唱歌的聲音結束，掌聲響起，主持人開始宣布分數。

小靜知道，輪到她了。

她用力握了握自己粉紅色的手機。

再次感受曾經來自琴學姊和柏的溫暖，然後她起身，邁向舞台。

邁向屬於她夢想的戰場。

《陰界黑幫 第一部》‧完

Div作品 **03**

陰界黑幫 01

國家圖書館出版品預行編目資料

陰界黑幫 卷一　　Div著
— 初版. — 臺北市：春天出版國際，2010.02
面；　　公分. —（Div作品；03）
ISBN 978-986-6345-17-3（平裝）

857.7　　99001048

版權所有・翻印必究
本書如有缺頁破損，敬請寄回更換，謝謝。

ISBN 978-986-6345-17-3
Printed in Taiwan

作者	Div
總編輯	莊宜勳
企劃主編	鍾靈
封面設計	克里斯
內文編排	數位創造
發行人	蘇彥誠
出版者	春天出版國際文化有限公司
地址	台北市信義路四段458號3樓
電話	02-7718-0898
傳真	02-7718-2388
E-mail	frank.spring@msa.hinet.net
網址	http://www.bookspring.com.tw
部落格	http://blog.pixnet.net/bookspring
郵政帳號	19705538
戶名	春天出版國際文化有限公司
法律顧問	蕭顯忠律師事務所
出版日期	二〇一一年五月初版24刷
	二〇一八年七月初版29刷
定價	260元

總經銷	楨德圖書事業有限公司
地址	新北市新店區寶興路45巷6弄6號5樓
電話	02-8919-3186
傳真	02-8914-5524
印刷所	鴻霖印刷傳媒股份有限公司

S P R I N G

每一本好書都是一顆種子，
春天播種在你的心田夢土上。

Spring

S P R I N G

每一本好書都是一顆種子，
春天播種在你的心田夢土上。

Spring

S P R I N G

每一本好書都是一顆種子，
春天播種在你的心田夢土上。

Spring

S P R I N G

每一本好書都是一顆種子，
春天播種在你的心田夢土上。

Spring